KB114552

이모탈 퓨전 판타지 소설

FUSION FANTASTIC STORY

워리어

Warrior

워리어 8

이모탈 퓨전 판타지 소설

초판 1쇄 찍은 날 § 2015년 4월 20일
초판 1쇄 펴낸 날 § 2015년 4월 27일

지은이 § 이모탈
펴낸이 § 서경석

편집부장 § 권태완
편집책임 § 한준만

펴낸곳 § 도서출판 청어람
등록번호 § 제387-1999-000006호
등록일자 § 1999. 5. 31
어람번호 § 제1-2107호

주소 § 경기도 부천시 원미구 부일로 483번길 40 서경B/D 3F (우) 420-822
전화 § 032-656-4452 팩스 § 032-656-4453
http://www.chungeoram.net
E-mail § chungeorambook@daum.net

ISBN 979-11-04-90207-9 04810
ISBN 979-11-316-9239-4 (세트)

이모탈 퓨전 판타지 소설

FUSION FANTASTIC STORY

8

Warrior

워리어

Warrior
워리어

CONTENTS

제1장

카이론 에라크루네스

Warrior

나이 지긋해 보이는 귀족이 입을 열어 막사 안으로 들어오는 기사에게 물었다.

"어떻게 되었나?"

"아직 복귀하지 않았습니다."

기사의 대답에 귀족들의 안색이 딱딱하게 굳어진다.

이들은 지금 패주 중인 남부의 귀족들. 이럴 때일수록 혼자보다는 다수가 유리하다는 것을 알기에 패주 중에도 한데 어울리고 있었다.

"하루가 지났음에도 아직 복귀하지 않았다는 것은 필경 적에게 정찰조가 발각되었기 때문일 겁니다."

다소 뚱뚱한 귀족이 걱정스럽다는 듯이 입을 열었다. 그 귀족의 말에 나이 지긋해 보이는 귀족이 고개를 끄덕이며 인정했다.

이들은 비슷한 크기의 영지를 다스리는 영주들로서, 나이지긋해 보이는 자가 터스콜라 지역을 다스리는 마르코스 펠라딘 남작이었고 다소 뚱뚱하고 욕심 많아 보이는 자는 새닐락의 제임스 하딘 남작, 그리고 아무 말 없이 침묵을 고수하고 있는 자는 라피어의 카메론 웰킨스 남작이었다.

"이 일을 어찌했으면 좋겠소."

볼살을 푸들푸들 떨며 긴장한 듯 주먹을 쥐었다 폈다를 반복하며 입을 여는 하딘 남작이었다. 그의 그런 모습에 침묵을 고수하던 웰킨스 남작이 살짝 눈살을 찌푸렸다. 이럴 때일수록 담대하고 침착해야만 했다.

어려움에 처했을 때 지휘관이 두려움을 느끼면 그 병력은 그것으로 끝이다. 지휘관이 느끼는 감정을 고스란히 반영하는 것이 바로 병사들이니까 말이다. 그런데 하딘 남작은 야전막사 밖으로 소리가 들릴 정도로 큰 소리로 자신의 감정을 드러내고 있었다.

"여기까지 온 이상 계속해서 전진해야 하지 않겠소."

웰킨스 남작이 진중하게 입을 열었다. 펠라딘 남작은 그의 말에 동의했으나 하딘 남작은 고개를 저었다.

"나, 나는⋯⋯."

"따로 움직이시려면 그리 하시오."

"아, 아니⋯ 그게 아니라⋯⋯."

웰킨스 남작의 말에 하딘 남작은 다급하게 고개를 저으며 자신의 생각을 부정했다. 하지만 불안해하는 표정은 여전했다. 만약 여차하면 일행을 두고 개별적인 행동도 불사하겠다는 그런 표정이었다.

하지만 사실상 그것은 조금 힘들었다.

하딘 남작의 병력은 고작 800명이었다. 800명의 병사로 빠르게 도망칠 수는 있겠으나 적병과 마주쳐 어찌해 볼 수 있는 수준은 아니었다.

여기서 유일하게 웰킨스 남작만이 단독으로 움직일 만한 전력을 유지하고 있었다.

"그럼 오늘 밤까지 기다려 보고 그때까지 복귀하지 않으면 야밤을 틈타 이동하는 것이 어떻겠소?"

펠라딘 남작이 건의했다. 그는 아직 희망의 끈을 놓지 않았다. 아니 그것은 웰킨스 남작 역시 마찬가지였다. 그 역시 희망의 끈을 놓치고 싶지는 않았다. 하지만 가슴 저 아래에서는 이미 암울한 음영이 스멀스멀 기어오르고 있었다.

'불길하군.'

웰킨스 남작의 속내는 그러했다. 불길했다. 그때 불안에
떨던 하던 남작이 나섰다.

"내, 내가 정찰을 해보겠소."

웰킨스 남작과 펠라딘 남작의 눈이 가늘어졌다. 적을 무서
워하면서 정찰을 나서겠다? 도대체 이 말을 믿어야 할지 말아
야 할지 판단이 서지 않았다.

분명 그가 카테인 왕국의 귀족이고 남부의 귀족임은 틀림
없었다.

하나 믿을 수 없었다. 그의 평소 행태를 보면 말이다.

그의 성정만 아니라면 지금 상황에서는 결코 거부할 수 없
는 제안이었다.

8백의 병력이라면 꽤 넓은 지역을 정찰할 수 있기 때문이
었다.

"그 말, 진심이오?"

"사, 살아야 하지 않겠소."

결국 살기 위해서 스스로 앞으로 나선다는 말이 되었다. 하
지만 지금 이 순간 그 어떤 말보다 더 가슴에 와 닿는 말이 되
었다. 자신들 역시 살기 위해 영지민을 버리고 최소한의 병력
으로 죽음의 장벽으로 향하고 있는 것 아니겠는가?

"그래 주시면 고맙지요."

못미더워 하는 웰킨스 남작 대신에 펠라딘 남작이 입을 열

었다.

"크흐음. 아, 알겠소. 그, 그럼……."

펠라딘 남작의 허락이 떨어지자 지체하지 않고 자리에서 일어나 야전 막사를 나서는 하딘 남작이었다. 그런 그를 바라보며 여전히 의심적은 눈으로 입을 여는 웰킨스 남작.

"그를 믿을 수 있겠습니까?"

"살고자 한다는데 믿지 않을 도리가 있소?"

둘은 나이 차이가 상당히 났지만 펠라딘 남작은 결코 웰킨스 남작을 낮춰 부르지 않았다. 나이 차가 있기는 하지만 그도 어엿한 한 가문의 가주였고, 가장이었으며, 일군을 이끄는 귀족이었기 때문이었다.

"그렇기는 하지만……."

"때로는 삶에 대한 애착이 큰 사람일수록 이런 일에 더 적합할 수 있소."

"으음… 알겠습니다. 하면 일단 경계를 늦추지 않은 상태로 기다려 보아야 할 것 같습니다."

"아마도 그래야 할 거요."

"그럼."

말을 마친 웰킨스 남작이 자리를 벗어났다.

"후우~"

모두가 벗어난 야전 막사에서 펠라딘 남작은 크게 한숨을 내쉬었다. 피곤했다. 젊었을 적에는 사흘 밤낮을 지새워도 끄떡없던 체력이었다. 하지만 이제는 늙었음인가? 피곤하고 자꾸 자리에 주저앉고 싶었다.

　"괜찮으십니까?"

　"괜찮네."

　기사가 걱정스러운 듯이 그에게 물었다. 그에 펠라딘 남작은 괜찮다는 듯이 손짓을 해보였다.

　"그나저나 병사들은 어떻던가?"

　"아무래도 사기가 말이 아닙니다."

　"하긴……."

　할 말이 없었다. 영주가 영지를 잃었다. 병사들과 기사들을 이끌고 저 살자고 도망쳐 왔으니 사기가 저하되지 않은 것이 이상할 것이었다.

　"그래도 아군이 향하는 곳이 죽음의 장벽이라는 데에는 희망을 보이고 있습니다. 다시 영지를 탈환할 수 있다는 희망 말입니다."

　"그래, 그렇군. 자네도 좀 쉬어두도록 하게. 전세가 어찌될지 모르니 말이네."

　"알겠습니다. 그럼 쉬시길."

　기사가 나가자 펠라딘 남작은 한숨을 크게 내쉬며 고개를 뒤로 젖힌 뒤 조용히 눈을 감았다. 참으로 오랜만의 휴식이라는 생각이 잠깐 들었다. 그동안 쉼 없이 말을 몰아 도망치기 바빴던 기억이 생생했다.

그러다 펠라딘 남작은 깜빡 잠이 들었다. 아주 잠깐 말이다. 그러다 문득 야전 막사 밖에 시끄럽다는 생각에 눈을 떴을 때는 이미 어둠이 사방을 가득 채우고 있었다.

"커흠. 무슨 일인가?"

밖을 향해 외쳤을 때 두 명의 귀족이 야전 막사 안으로 들어서고 있었다. 웰킨스 남작과 정찰을 나간다고 하던 하딘 남작이었다. 왜 정찰을 나가지 않았느냐고 물어 보려다 어두워진 막사 밖의 상황과 온통 횃불이 켜져 있는 진중을 확인하고는 이미 시간이 한참 지났다는 것을 느낀 펠라딘 남작이었다.

아주 잠깐이라고 생각되었는데 어느새 한밤중이었던 것이다.

"정찰은……."

"아! 확인하고 오는 길입니다."

두려움에 떨던 하딘 남작은 이 자리에 없었다. 마치 자신이 한 일이 매우 자랑스럽다는 듯이 거만한 표정을 지어보이며 입을 열었다.

"약 15㎞ 전방에 3천 가량의 적들이 매복해 있소."

"3천? 3천이라……."

3천이라면 해볼 만했다. 이쪽과 수적으로 비등했으니까. 아니 오히려 자신들의 병력이 더 많았다.

"어찌했으면 좋겠소."

"뚫고 나가야 하지 않겠습니까?"

펠라딘 남작은 웰킨스 남작에게 물었고, 웰킨스 남작은 두말할 필요도 없다는 듯이 답을 했다. 하기는 그 방법밖에 없었다. 그들을 우회하기에는 아군은 너무 지쳐 있었다. 저하된 사기는 체력마저 갉아먹고 있었다.

"그 방법밖에 없겠구려. 하면……."

"제가 선봉에 서겠습니다."

웰킨스 남작이 입을 열었다. 지금 이중 가장 많은 병력을 가진 그였다. 그가 선봉에 선다면 확실히 안심할 수 있었다. 펠라딘 남작은 고개를 끄덕이며 하딘 남작을 바라봤다.

"난 병력 수에서 밀리니 우회하여 적의 후미를 들이치겠소."

나름 괜찮은 방법이었다.

"약하지 않겠소? 펠라딘 남작과 합류해서 같이 움직이는 것은 어떻겠소."

그에 웰킨스 남작이 조금 힘들지 않겠냐는 듯이 입을 열었다. 앞뒤에서 공격한다면 수가 대략 맞기 때문이다. 그에 하딘 남작은 안 될 말이라는 듯이 손을 휘휘 저으며 입을 열었다.

"후위로 돌자면 시간이 촉박하오. 적이 눈치채지 못하도록 하자면 병력의 수가 적은 것이 훨씬 더 수월하지 않겠소? 그리고 전면에 모두 배치하기보다는 펠라딘 남작의 병력을 둘로 나눠 적의 좌우를 함께 들이치는 것이 어떻겠소? 그러면 적은 물에 빠진 생쥐 꼴이 될 것이오."

짐짓 자신 있게 반론을 제시하는 하딘 남작.

이것은 실로 놀라운 발견이라 할 수 있었다. 지금까지 단 한 번도 이렇게 앞에 나서서 자신 있게 자신만의 생각을 피력한 적이 없는 자가 바로 하딘 남작이었다.

아마도 상대보다 아군의 병력이 더 많다는 것에 급격하게 자신감이 상승한 것으로 보였다. 하기는 지금으로서는 하딘 남작의 변화가 결코 나쁜 현상은 아니었다. 그리고 그의 제안 역시 결코 나쁘지 않았다.

"좋소. 그렇게 하면 되겠군. 먼저 출발하겠소?"

펠라딘 남작이 묻자 하딘 남작은 곧바로 자리를 박차고 일어나 둘에게 가볍게 목례를 한 후 자리를 벗어났다. 그 모습이 자못 당당해 지금까지 보아온 하딘 남작이 맞나 싶을 정도였다.

"좋긴 한데……."

그에 웰킨스 남작은 말을 흐렸다. 좋은 현상이었다. 그런데 왠지 모르게 께름칙한 무언가가 자꾸 가슴 한쪽에서 스멀

스멀 피어오르는 것 같았다. 그때 펠라딘 남작은 신중한 얼굴을 하고 있는 웰킨스 남작의 어깨를 툭툭 쳤다.

"좋으면 좋은 거지. 좋게 생각하는 것이 맞을 것 같네. 우리의 병력이 저들보다 많으니 그에 희망을 품은 거겠지요."

"아무래도 그런 것이겠지요?"

"그럴 겁니다. 어쨌든 작전이 시작되었으니 우리도 빨리 움직여야 할 것 아니겠소?"

"아! 예. 알겠습니다. 하면……."

웰킨스 남작은 일말의 불안감을 펠라딘 남작의 말과 함께 흘려보냈다.

'그래. 기우겠지. 패퇴하고 있으니 신경이 날카로워진 게야.'

그렇게 스스로에게 다짐했다. 현실에 집중해야 할 때이다. 조금 변했다고 의심할 시간은 없었다. 당면한 과제가 너무나도 힘들었기에.

웰킨스 남작은 기사들에게 명령을 내리고 자신 역시 일전을 준비했다.

이번 적의 매복을 끊어 낸다면 바로 코앞이 죽음의 장벽이었다. 살아남을 수 있고, 그들과 함께 나파즈 왕국군을 격퇴하여 자신의 영지를 회복할 것이다. 지금은 오로지 그것만 생각해야만 했다.

말을 몰아갔다. 그 가장 선두에는 예의 웰킨스 남작이 있었다.

하딘 남작은 진즉에 우회로를 통해 적 배후로 이동했다. 중간까지 함께하던 펠라딘 남작군은 두 방향으로 갈라져 나갔다.

이제 남은 것은 오로지 자신의 2천 1백 명에 해당하는 영지군뿐이었다. 그들을 믿어야 했다. 말을 몰아가면서 웰킨스 남작은 기사들과 병사들을 흘깃 바라봤다. 지치고 힘든 표정이 역력했다.

하나 그들도 알고 있었다. 여기서 패할 수는 없다는 것을 말이다. 살아남아서, 반드시 살아남아서 다시 자신들을 기다리고 있는 가족들을 만나고야 말겠다는 굳은 신념이 담긴 눈동자가 그들의 피곤한 얼굴 깊숙한 곳에 자리하고 있었다.

"준비."

단호한 목소리가 은밀하게 퍼졌다. 그에 기사들과 병사들인 각자의 무기를 꽉 움켜잡으며 은밀하게 움직이기 시작했다. 적으로 보이는 3천의 병력은 조용하기만 했다. 하물며 순찰을 도는 경비병마저도 제멋대로 무기를 놔두고 졸고 있는 것처럼 보였다.

기회였다. 패퇴하는 적을 추적하는 병력이라고 하기에는

조금 해이해진 감이 없지 않았지만 그만큼 그들이 승리에 도취되어 있다고 생각했다. 웰킨스 남작의 손짓에 기사들이 움직이고 기사들의 손짓에 병사들이 움직였다.

그는 귀족이었지만 나름 영지민들에게 존경을 받는 귀족이었다. 가문을 이끌기 위해서 그는 특단의 조치를 했고, 그것이 효과를 거둬 영지민들은 그를 다른 귀족들과는 조금 다른 귀족으로 여기고 있었다. 덕분에 여타의 영지민들과는 다르게 꽤나 충성스러운 그들이었다.

그들 중 가리고 가려서 뽑은 기사들과 병사들은 그 어떤 정예병 못지않았다. 웰킨스 남작, 그는…….

'믿는다.'

믿을 수밖에 없었다. 이 세상에서 믿을 수 있는 건 오로지 자신의 영지에서 살아온 자신의 기사와 병사들뿐이었다.

"공격하라!"

웰킨스 남작은 움츠리고 숨었던 본신을 드러내며 거칠게 외쳤다. 그의 목소리에 기사들과 병사들이 밤공기를 가르는 엄청난 포효를 내지르며 앞으로 달려 나가기 시작했다.

"우와아아!"

"죽여라아~!"

거칠고 무질서하게 앞으로 튀어 나가는 기사들과 병사들. 그 선두에는 당연히 웰킨스 남작이 서 있었다. 웰킨스 남작은 달려 나가며 가장 먼저 보이는 아직 정신도 차리지 못한 상태의 적병을 그대로 그어 내렸다.

쉬각!

잘려 나갔다. 그런데 조금 가벼웠다. 손으로 전해지는 느낌이 말이다. 자신의 앞을 바라보았다. 병사의 레더 메일이 갈라지고 그 메일 속은 밀짚이었다. 밀짚으로 만들어진 병사였던 것이었다.

'이, 이건……'

그는 깨달았다.

"하, 함정이다! 후퇴! 후퇴하라!"

그가 목이 터져라 외쳤다.

하지만!

와아아아!

그들의 등 뒤에서 거센 함성이 솟아올랐다.

"크아악!"

"저, 적이다!"

"뒤, 뒤……."

나파즈 왕국의 추적대는 함정을 파고 있었다. 3천에 이르는 적은 자신들을 에워싸고 있었다. 그리고 어떤 경고조차 없이 곧바로 공격해 들어왔다. 아무도 살려둘 수 없다는 듯이 말이다.

그들은 포로조차 원하지 않는 것처럼 보였다. 멍하게 있을 틈이 없었다. 포위망을 뚫어야만 했다.

"나를 따르라!"

그가 평생을 같이 해온 바스타드 소드를 움켜쥐며 득달같이 적을 향해 쇄도해 들어가며 휘둘렀다.

잘려진 적병의 목에서 핏물이 뿌려지며 그의 시야를 가렸다. 하나 그는 노련하게 상체를 숙이며 앞으로 발을 내딛고 바스타드 소드를 찔렀다.

묵직한 감각이 전해져 왔다. 적병이 심장을 관통한 자신의 바스타드 소드를 두 손으로 잡고 입에서는 검붉은 핏물을 게워냈다. 웰킨스 남작은 그런 병사를 발로 차며 바스타드 소드를 빼들었다.

핏물이 솟구쳤다. 비릿한 혈향이 온통 코를 덮쳐왔다. 하지만 그런 것에 신경 쓸 여유가 없었다. 사방에 적이었다. 그리고 그들은 곧바로 자신을 발견해 내고 말았다.

"저자다!"

"저자가 우두머리다!"

그에 웰킨스 남작은 이맛살을 찌푸렸다. 사령관도 아니고 우두머리란다. 이 야만인 같은 놈들 같으니라고. 죄수들의 피는 어쩔 수 없다는 것인가? 그리 생각하면서도 그는 미친 듯이 바스타드 소드를 휘두르고 찌르고 베었다.

그의 주변으로 기사와 병사들이 몰려들었다. 자신의 기사와 병사들만이 아니라 적들의 기사들과 병사들마저 그에게로 몰려들었다.

"죽여라!"

"저자를 잡는 자에게 100골드를 주겠다."

"와아~ 잡아라!"

"내 꺼다."

　난장판 중에도 그들은 100골드라는 말에 눈이 어두워 와자지껄 떠들며 그를 향해 쇄도해 들어왔다. 웰킨스 남작은 웃었다. 이 막막한 순간에도 그는 왠지 모르게 웃음이 흘러나왔다. 자신의 가치가 고작 100골드라니.

　그러면서 서글퍼졌다. 단지 100골드에 자신의 목숨을 거는 병사들이 말이다. 분노에 찬 웰킨스 남작의 검에 맞은 한 병사의 방패가 쪼개지며 눈이 튀어나올 듯 부릅떠졌다.

　베어진다.

　쪼개진다.

　꿰뚫린다.

　그의 눈앞에서 세상이 허물어지고 있었고, 칠흑의 어둠이 검붉은 핏물로 바뀌기 시작했다. 세상이 온통 핏빛이었다. 뭐가 어떻게 되어 가는지 모르겠다.

　처음엔 주변을 살필 수 있었다. 악다구니를 쓰면서도 죽어라 적병을 잡아내는 영지의 병사들을 보며 미친 듯이 검을 휘두르기도 했다.

그러다 어느 순간 아무것도 보이지 않았다. 그저 규칙적으로 검을 휘두를 뿐이었다. 그러나 그것도 잠시였다. 자신을 둘러싸고 있는 이들은 아직도 많았다. 그러다 문득 드는 생각이 있었다.

'하딘 남작은? 후방에서 공격해 들어오기로 하지 않았나?'

그랬다. 포위되었다 하더라도 이 정도의 시간을 끌었으면 이미 함성이 들려왔어야 하는 것이 정상이었다.

'좌우로 갈라진 펠라딘 남작은?'

정신이 돌아왔다. 횃불로 일렁이는 전장이 눈에 들어왔다.

'3천? 5천? 대체……'

자신의 병력보다 9백 명 정도가 많아 보여야 한다. 야밤이기에 정확하게 수를 셀 수는 없지만 분명 압도적이라는 말은 사용할 수 없어야 했다. 한데 이 압도적인 병력 차는 대체 무엇이란 말인가?

그러다 그의 신형이 우뚝 멈췄다.

멀리 그리고 아주 높은 곳에 하나의 머리가 창에 꽂혀 매달려 있었다.

'펠라딘 남작……'

그리고 그의 눈은 더욱 커질 수밖에 없었다. 그 창을 들고 있는 자는 다름 아닌 하딘 남작이었다.

"네 이노오오옴!"

배신이었다. 제임스 하딘 남작이 배신한 것이었다. 같은 아군에게, 같은 남부 귀족에게, 같은 카테인 왕국인에게 배신을 당한 것이었다. 피가 역류하는 것 같았다. 순간 뇌의 한쪽이 퍽 터져 나가는 것 같았다.

뜨거운 무언가가 가슴 저 아래에서 솟아오르는 것 같았다. 대체 어디서 이런 무지막지한 힘이 생겨났을까. 지쳐서 두 손으로도 애병인 바스타드 소드를 들지 못할 정도로 바들바들 떨던 그가 미친 듯이 달려 나가며 좌우의 병사들을 베어 넘겼다.

카아앙!

그러다 막혔다.

번뜩 정신을 차린 웰킨스 남작이 자신을 가로막은 자를 봤다. 기사. 나파즈 왕국의 기사. 섬뜩하도록 무심한 눈동자가 웰킨스 남작의 전신을 훑고 지나갔다.

"적장으로서, 귀족으로서, 기사로서 대우를 해주지."

그가 묵직한 음성을 내뱉음에 그를 둘러싸고 있던 적병과 기사들이 물러났다. 그리고 어느새 전투는 끝이 나고 대치 상태가 되었다. 웰킨스 남작은 크게 호흡을 가다듬으며 주변을 둘러보았다.

2천 1백이었던 병력은 어느새 5백 정도로 줄어 있었다. 그들 대부분은 극심한 피로와 함께 포위되어 있다는 정신적인 공포감에 젖어 있었다. 반면에 적병들은 이미 완벽하게 자신들을 에워싸고 있었다.

그러다 하딘 남작과 눈이 마주쳤다. 하딘 남작은 웰킨스 남작의 시선을 피하지 않았다. 아니 오히려 그를 비웃는 듯한 비열한 웃음을 짓고 있었다. 그의 뒤에 있던 기사는 지금의 상황이 마음에 들지 않는지 딴청을 부리고 있었다.

"왜?"

잠긴 듯 갈라진 목소리가 웰킨스 남작의 입에서 흘러나왔다.

"멍청한 놈. 우리는 애초에 대적 상대조차 되지 않았다. 시류를 아는 자가 살아남는 것이다."

"그게, 그게 귀족으로서 할 말인가? 그게 영주로서 할 말이냐 말이다!"

웰킨스 남작의 입에서 피를 토하는 호통성이 튀어나왔다. 하나 하딘 남작은 여전히 비웃음을 지우지 않았다.

"흥! 귀족? 살아 있어야 귀족도 가능한 것이다. 영주? 영지는 다시 끌어 모으면 된다. 까짓 영지민이야 어떻단 말이더냐? 내가 살아남아야 귀족도 있고, 영지도 있고, 영지민도 있는 것 아니겠느냐?"

"네놈은 정녕… 가장 먼저 죽었어야 할 놈이었구나."

"하하하. 하나 넌 죽고 난 살겠지."

"살아남는다면 네놈을 천참만륙할 것이다."

"해보시든지."

어깨를 으쓱해 보이는 하딘 남작.

"유언은 끝났나?"

나파즈 왕국의 기사가 나섰다. 그제야 그에게로 시선을 두는 웰킨스 남작. 느낄 수 있었다. 자신은 이자의 상대가 되지 않음을 말이다. 하지만 겨루지 않을 수 없었다. 자신은 귀족이고 한 영지를 다스리는 영주였으니까.

'죽는다 해도…….'

그렇다.

이 자리에서 죽는다 해도 자신이 해야 할 일은 해야만 했다. 저 돼지 새끼는 잠시 미뤄두자. 눈앞에 있는 존재를 어떻게 운 좋게 이기게 되면 녹신하게 다져 줄 것이다.

파아앗!

웰킨스 남작이 먼저 움직였다. 날카로운 선으로 이어지는 공격선. 단단하게 경계하고 있는 상대의 사각을 향해 쏘아져 나갔다. 막힐 것이라고는 생각하지 않았다. 오직 하나의 일념이 있을 뿐이었다.

하나.

카앙!

날카로운 쇳소리가 웰킨스 남작의 귓가에 울려왔다. 그 소리가 들려오자마자 웰킨스 남작은 빠르게 후퇴했다. 공격과 방어. 언제나 그것은 같이 수반되어야 할 행동 수칙이었다. 하나 나파즈 왕국의 기사는 그러한 그를 멀뚱히 쳐다볼 뿐 달려오지 않았다.

마치 공격 안 하고 왜 물려나느냐는 듯이 말이다. 더 공격하라는 듯이. 아니면 얼마든지 공격해 보라는 듯이. 네놈의 공격쯤은 그저 아무렇지도 않게 받아낼 수 있다는 듯이. 회색의 눈동자가 비웃듯이 가늘어졌다.

"고작 이 정도인가?"

마음에 차지 않는 듯, 혹은 꽤나 실망스럽다는 듯이 말을 하는 기사.

"이게 전부라면 넌 이 자리에서 죽는다."

기사의 말에 놀라기보다는 그저 담담하게 받아들여 버리는 웰킨스 남작이었다.

어쩐 일인지 아무런 두려움도 아무런 생각도 들지 않았다. 방금 전까지 반드시 승리해야 한다고, 반드시 상대를 죽여야만 한다는 생각이 들었는데 지금 이 순간 아무런 느낌조차 없었다.

그냥 멍하다는 생각. 나도 없고, 영지도 없고, 심지어는 그렇게 안타깝게 여기던 자신을 따르던 기사들이나 병사들마저 기억 속에서 사라지는 것 같았다. 그런 일순간의 변화를 본 기사는 눈을 반짝 빛냈다.

"이제 제대로 하고 싶은 생각이 들었나?"

"아니. 그건 아니고……."

우물쭈물 얼버무리는 웰킨스 남작. 그런 그의 모습을 보며 기사는 자신이 잘못 생각했음을 느꼈는지 얼굴을 일그러뜨렸다.

"죽인다."

콰하아악!

순간 기사의 기세가 변했다. 잔잔함에서 포악함으로 말이다. 기사의 검이 움직였다. 마치 번개가 번쩍이는 것 같은 느낌을 받은 웰킨스 남작은 아무것도 하지 못하고 그저 멍하게 자리에 서 있을 뿐이었다.

아니, 아니다. 그는 무언가를 보고 있었다. 그의 눈동자는 분명 초점이 맺혀 있었고, 그 눈동자는 하나의 물체를 투영했다. 그리고 그 물체는 자신의 목 줄기를 물어뜯기 위해 쇄도하는 기사의 검을 쳐내고 있었다.

카하아앙!

"누구냐?"

기사는 손아귀에 전해지는 극통을 참아내며 사방을 둘러

보며 외쳤다. 이 한 번의 부딪힘으로 기사는 알 수 있었다. 상대는 최소한 자신과 동수라는 사실을 말이다.

그때!

"우와아아!"

"쳐라!"

"포로는 없다!"

5천의 병력이 포위되었다는 것을 느꼈다. 말도 안 되는 일이지만 자신들을 포위해 공격해 오는 자들의 수는 자신들의 5분의 1 수준이었고, 그들 모두가 익스퍼트였다. 둘 다 말도 안 되는 현실이었다.

기사는 부지불식간에 전방을 바라보았다. 그의 전방에는 어느새 여덟 명의 기사가 자리하고 있었다.

가장 앞에 선 자는 2미터가 넘어가는 거구였다. 하나 그 뒤에 있는 자와 비교하면 어린아이처럼 작았다. 그 거대한 자를 포함한 일곱 명이 가장 선두에 선 자를 호위하듯 서 있었다. 필경 가장 선두에 선 자가 이들을 이끄는 자일 것이다.

"물었다. 누구냐고."

"카이론 에라크루네스."

"……?"

카이론의 대답에 기사는 고개를 갸웃한다. 들어보지 못한 이름이었기 때문이었다. 보통은 작위나 직위를 말한다. 한데 이 자는 그저 이름과 성을 말했다.

"진압 사령관……."

그때 멍하게 있던 웰킨스 남작이 나직하게 입을 열었다. 사방이 악다구니로 가득 찬 가운데 그의 나직한 말은 보통의 사람이라면 절대 들을 수 없었을 것이나 나파즈 왕국의 병력을 이끌고 있는 기사는 결코 보통 사람이 아니었다.

"네놈이… 죽음의 장벽을 펼친 자로군."

기사가 독백처럼 신음했다. 하나 카이론의 시선은 기사를 향하고 있지 않았다. 그는 전장을 둘러보고 있었다. 그것을 느끼는 순간 기사는 지독한 패배감을 맛보았다. 마치 자신이 웰킨스 남작에게 했던 그대로를 돌려받는 느낌이었다.

"저거 잡아."

"그러지."

슈와악!

카이론의 말에 그의 뒤에 있던 불카투스가 움직였다. 거대한 체구라고 할 수밖에 없는 그의 체구가 마치 깃털처럼 가볍게 움직였다. 그가 향하는 곳에는 한 명의 귀족과 몇 명의 기사들이 있었다.

"어? 어?"

퉁퉁하게 살집이 오른 귀족과 그를 호위하는 기사 다섯 명. 바로 제임스 하딘 남작이었다. 하딘 남작은 그저 상상도 할 수 없을 만큼 빠르게 자신을 향해 쇄도하는 불카투스를 보며 연방 입을 벌려 손가락질할 뿐이었다.

투콱!

"커허억!"

그는 하딘 남작 앞에 도착함과 동시에 배틀엑스를 휘둘렀다. 다섯 명이 동시에 입을 벌렸고, 비명 소리 역시 하나만 들려왔다.

스르르륵! 터억! 터더덕!

기사들이 시체가 되어 썩은 고목나무처럼 쓰러졌다. 그에 하딘 남작은 얼굴이 새하얗게 변하며 전신을 오돌오돌 떨기 시작했다. 그의 아랫도리에는 누런 액체가 흘러내리고 있었다. 그는 꼼짝도 하지 못했다.

턱!

"어걱!"

다섯의 기사를 일 초도 걸리지 않고 제거해 버린 불카투스가 하딘 남작의 목덜미를 잡더니 그대로 들어 올렸다. 그에 핏기가 사라지고 볼살을 푸들푸들 떨고 있던 그의 입에서 단말마가 튀어 나왔다.

휘익!

그대로 집어 던져 버렸다.

쿠다다닥!

"크으윽!"

거친 바닥을 얼굴로 쓸며 카이론의 발치 아래까지 도달한 하딘 남작. 그는 정신을 차리자마자 얼굴을 닦을 생각도 없이 카이론의 발을 잡고 늘어졌다.

"사, 살려주십시오. 살려주신다면 무슨 짓이든 하겠습니다."

그런 하딘 남작을 물끄러미 바라보는 카이론.

"나는……."

"예, 예. 살려만 주신다면 뭐든 하겠습니다."

하딘 남작은 카이론의 발을 붙잡고 연신 그러고 있었다.

"주인을 무는 돼지는 살려둘 생각이 없다."

"예?"

놀란 하딘 남작을 툭 발로 차는 카이론. 하딘 남작은 마치 실로 둥글게 말린 공처럼 데굴데굴 굴러 한 사람의 앞에 멈춰 섰다. 다름 아닌 웰킨스 남작의 발치였다.

"이, 이보게. 웰킨스 남작……."

기겁을 하며 웰킨스 남작을 바라보는 하딘 남작. 그를 바라보며 시리도록 차가운 미소를 떠올리고 있었다.

"하하하. 넌 죽고 난 살겠지."

조금 전 하딘 남작이 웰킨스 남작을 비웃으며 했던 말을 웰킨스 남작이 다시 돌려주었다.

스걱!

툭!

눈을 부릅뜬 하던 남작의 목이 툭 떨어지며 데굴데굴 굴렀다. 그 후에 하던 남작의 무릎을 꿇고 있던 몸체가 서서히 기우뚱하게 기울어지더니 뻣뻣하게 굳은 그대로 모로 넘어갔다.

"전투를 지원해."

카이론의 목소리가 들려왔다. 그에 그의 뒤에 있던 일곱 명의 인원이 사방으로 퍼졌다. 웰킨스 남작은 그 순간 그들이 누군지 이제야 알 것 같았다. 죽음의 장벽에는 한 명의 왕과 두 명의 현자, 그리고 일곱 명의 별이 있다고 했다.

한 명의 왕은 스스로 진압 사령관이라 칭하나 다른 이들은 장벽의 제왕이라 칭하는 카이론 에라크루네스, 두 명의 현자는 전쟁의 신 마르스의 현신이라 일컬어지는 전략의 현자 라마나 마하리쉬, 그리고 경영의 현자라 불리는 스키피오 아프리카누스.

그 둘이 제왕의 두뇌라면 어두운 장벽을 밝게 빛나게 하는 일곱 개의 별이 있으니 그들이 바로 세븐 스타였다. 키튼 알카트라즈, 불카투스 바엘가르, 프라이머 엔그로스, 미켈슨 바이에른, 해머슨 카르타고, 시모 하이하.

마지막으로 세븐 스타 중 유일한 홍일점인 캐슬린 맥그로우. 그들의 무력은 그야말로 인간의 경지가 아니었다. 그리고 웰킨스 남작은 카이론 에라크루네스를 왜 장벽의 제왕이라 부르는지, 그 일곱 명이 왜 세븐 스타가 되었는지 직접 확인할 수 있었다.

콰하앙!

"크흐읍!"

"고작 이건가?"

카이론의 주먹에 고개가 홱 돌아가며 멀찌감치 떨어져 내리며 엉덩방아를 찧고, 그러고도 힘을 상쇄시키지 못해 뒤로 데굴데굴 굴러간 기사. 그 기사에게 카이론이 걸음을 옮기며 한 말이었다.

그 모습에 웰킨스 남작은 왠지 모르게 가슴 한쪽이 뻥 뚫리는 시원함을 맛보았다. 하나 그 꼴을 당하는 당사자는 전혀 아니었다. 기사는 입술을 비집고 흘러내리는 핏물을 팔등으로 쓱 닦아내더니 자리에서 일어섰다.

"해볼 만하겠군."

고개를 돌리며 기사가 한 말이었다.

"내 이름은 앨코나 지역의 추적을 맡고 있는 3군 본대의 칼룸 불락 남작이다."

"묻지 않았다."

이죽이던 불락 남작의 얼굴이 굳었다. 저 발밑에서부터 분노가 스멀스멀 치솟아 올랐다. 이것은 치욕이었다. 자신이 어디서 이런 치욕을 당해봤던가? 한데 지금 이 자리에서 자신은 모욕을 당하고 있었다.

"죽인다……!"

"할 수 있으면."

콰아악!

얄팍한 두 자루의 검이 카이론의 전신을 난도질하듯이 쇄도했다.

우우웅!

따다다당!

그에 카이론의 전면에 투명한 막이 생겨나며 불락 남작이 휘두른 검격을 모두 튕겨냈다. 그에 경악한 얼굴로 카이론을 쳐다보는 그였다.

"무슨……."

"세상에서 너만이 최고라는 생각은 오산이다."

꿀꺽!

이제는 비웃을 수 없었다. 불락 남작은 알 수 있었다. 방금 그것이 어떤 것이었는가를 말이다.

바로 전설로만 전해져 오는 오러 맴브레인(호신강기). 소드 마스터의 전유물이 오러 블레이드라면 오러 맴브레인은 소드 마스터와 그랜드 마스터의 중간이라 할 수 있는 그레이트 마스터의 전유물.

원래는 그레이트 마스터라는 명명 자체가 없었다. 하지만 나누고 호칭하기를 좋아하는 인간은 기어코 소드 마스터와 그랜드 마스터 사이를 정의했다. 바로 그레이트 마스터라고 말이다.

그리고 그 그레이트 마스터를 나타내는 현상 중의 하나가 바로 지금 자신의 눈앞에서 벌어진 오러 맴브레인이었다. 그러하기에 불락 남작은 마른침을 삼킬 수밖에 없었다.

'그에 대해서… 우리는 전혀 모르고 있었다.'

그랬다. 그들은 전혀 모르고 있었다. 장벽의 제왕이라 일컬어지는 카이론 에라크루네스의 진정한 무력을 말이다. 누구도 그를 장벽의 제왕이라 일컬을 뿐 그의 무력이 어떻고, 그의 성정이 어떻고에 대해서 말하지 않았다.

'왜?'

라고 생각이 드는 순간 불락 남작은 척추를 날카로운 무언가가 할퀴고 지나감을 느꼈다.

'조작!'

바로 조작이었다. 언제나 그는 가장 중심에 있는 자였다. 그런데 그 중심에 있는 자에 대해서 전혀 알려지지 않았다는 것은 사람의 입과 귀 그리고 눈을 조작하지 않고는 불가능했다.

1군의 말론 백작이 그의 무력을 보았다.

죽은 2군의 번대장들이 그의 무력을 보았다. 하나 그 누구도 그에 대해서 논하지 않았다. 1군의 말론 백작은 패배라는 너무나도 큰 충격 속에서 그를 잊었고, 2군에선 그의 무력을 본 자는 단 한 명도 살아남지 못했기에 알려지지 않았다.

그에 불락 남작은 소름이 돋았다. 저들의 치밀함에 말이다.

그리고.

'알려야 한다.'

그의 진정한 모습을 알려야 했다. 그에 그는 주변을 훑어보았다. 5천의 병력이 단 1천에 의해 무너져 내리고 있었다. 세상에 말도 안 된다. 1천 명의 병력 전원이 익스퍼트라니 말이다. 그리고 세븐 스타라고 알려진 자들을 보라.

그저 말하기 좋아하는 이들의 소문이라 치부했다. 하나 그 소문은 세븐 스타를 설명하기에는 너무나도 부족했다. 일곱 명 전원이 소드 마스터였다. 불락 남작의 시선으로 보기에 그들은 소드 마스터였다.

심지어는 저 백은발의 긴 머리카락을 휘날리며 클레이모어를 한 손으로 휘두르는 여기사조차도 말이다.

뒷걸음쳤다. 벗어나려 하는 사전 동작이었다. 하나 카이론은 그의 도주를 허용하지 않았다.

"목은 놓고 가야 할 거야."

'들켰나?'

카이론의 말에 불락 남작의 표정이 일그러졌다. 그런 둘의 상황을 바라보고 있는 웰킨스 남작은 지금이 이 상황이 참으로 어처구니없었다. 자신을 마치 장난감처럼 가지고 놀던 자였다. 그런데 마치 똥마려운 강아지처럼 낑낑거리고 있었다.

헛웃음이 나왔다.

자신에게는 포식자였던 자가 도망치려 눈치를 보고 있었다.

'과연 장벽의 제왕인가?'

웰킨스 남작은 고개를 끄덕였다. 그도 귀가 있으니 장벽의 제왕을 귀족들이 어떻게 평가하는지 알고 있었다. 그는 호불호가 갈리는 사람이었다. 이런 난세일수록 그런 자가 필요하다고 말하는 이가 있는가 하면 상종 못할 위인이라 하는 이들도 있었다.

하나 지금 현재 웰킨스 남작이 경험한 바, 위기에 처한 카테인 왕국을 구해낼 유일한 영웅은 바로 카이론 에라크루네스였다.

"죽엇!"

방법이 없음을 안 불락 남작이 도망칠 것을 포기한 채 득달같이 카이론을 향해 쇄도해 들어갔다.

치히이잉!

두 자루의 얇은 검과 한 자루의 언월도가 빗겨났다.

촤하아악!

그리고 둘은 스치듯 지나갔으며, 한 줄기 유려하고 불규칙한 핏줄기가 솟구쳐 올랐다.

"크헉!"

그때 두 자루의 얇은 장검을 들고 있던 불락 남작이 입에서 한 움큼의 핏물을 게워내며 그대로 쓰러졌다. 그리고 두 번 다시 몸을 일으키지 못했다. 죽은 것이다. 실로 허망하지 않을 수 없었다.

카이론은 언월도를 움직여 죽은 불락 남작의 목을 치고 도첨에 꽂아 하늘을 향해 올렸다. 그리고 외쳤다.

"적장의 목이 여기 있다!"

항복하라는 말은 하지 않았다. 소수로 이곳에 온 이상 포로를 잡기에는 어려웠다. 포로를 잡는다면 일정 병력이 낭비되기 때문이었다. 잔인하지만 포로는 없어야 했다.

소수의 인원으로 다수의 적에게 승리할 수 있는 효과적인 방법은 역시 공포였다. 죽음이라는 공포. 그리고 그 죽음 뒤에 남겨진 표식. 그 표식이 카이론을 장벽의 제왕이라 부르게 하고 있었다.

"우와아~"

효과는 금방 나타났다. 살아남은 웰킨스 남작 가문의 영지병과 1천의 특전대원은 순식간에 5천에 이르는 적 병력을 전멸시켰다. 말 그대로 전멸이었다. 살아 있는 이는 아무도 없었다.

카이론은 그중 지휘관급으로 보이는 자들의 목을 베었고, 병사들의 시체로 산을 쌓았다. 그리고 긴 창을 가져와 지휘관급으로 보이는 자들의 목을 꽂았다. 시체의 산에 꽂아진 적장들의 목.

"굳이 이렇게까지……."

그에 카이론의 무심한 시선이 웰킨스 남작에게로 향했다.

"충성을 위해 죽은 기사에게, 가족을 지키기 위해 기꺼이 목숨을 버린 병사에게, 자식을 위해 죽은 아버지에게, 자식을 부둥켜안고 대신 칼을 맞은 어머니에게 그 말을 해보라."

"그… 죄송합니다. 생각이 짧았습니다."

"남작의 잣대로 잔인을 논하지 마라. 잔인을 논한다면 전쟁을 일으키지 말았어야 했다. 하나 이미 일어난 전쟁. 내가 잔인해짐으로써 내 병사가, 내 기사가, 내 영지민 한 명이 더 살 수 있다면 나는 기꺼이 가장 잔인한 자가 될 것이다."

웰킨스 남작은 고개를 푹 숙였다. 진정한 영주란 저래야 했다. 진정한 군주라면 저래야 했다. 그래서 죽은 군주의 무덤은 그렇게도 높고 그토록 많은 부장품이 들어가는 것이다. 그것은 살아생전 자신의 업적을 기리는 것이 아닌 수많은 피의 무게를 홀로 짊어지고 가야 하는 군주가 신께 바치는 뇌물이었기 때문이었다.

너무나도 많은 생명을 거두어 들였기에 그나마 그 피의 업보를 가볍게 해달라는 뇌물 말이다.

자신은 어느새 군주가 걸어가야 할 길을 잊고 있었다. 언제나 칼과 죽음이 함께하는 자이자 적에게는 가장 잔인하고 공포스러운 존재가 군주라는 것을 말이다.

그리고 그 어깨에 짊어진 피의 무게는 그 누구와도 나눌 수 없다는 것을 말이다.

"장벽으로 합류하라. 그리고 기다려라. 혈채를 받아낼 시간을 말이다."

그 말을 남기고 카이론이 말고삐를 돌려 세워 말을 달려 나갔다. 그의 뒤를 따라 세븐 스타가 따랐고, 1천의 병력이 움직였다. 그 모습은 실로 장관이었다. 이제 막 동이 터오는 곳을 향해 달려 나가는 1천의 병력.

웰킨스 남작은 가슴이 벅차오름을 느꼈다. 가슴 저 밑에서 이제야 진정한 군주를 만났구나 하는 생각마저 들었다. 그는 오른손을 가볍게 말아 쥐어 왼쪽 가슴에 대고 고개를 살짝 숙이며 무릎을 꿇고 기사로서 귀족으로 최상의 예를 보이며 입을 열었다.

"라피어의 카메론 웰킨스는 이 시간부로 죽음의 사자가 나의 영혼을 수거하는 그 순간까지 카이론 에라크루네스에게 신명을 다할 것을 맹세합니다."

그의 모습에 살아남은 다섯 명의 기사와 430여 병사들 역시 그들이 할 수 있는 최상의 예를 멀어져 가는 카이론의 등 뒤를 향해 올렸다. 이것이 그들이 할 수 있는 최선의 것이었다. 그리고 그들은 어떤 알지 못할 뿌듯함을 느꼈다.

지금 이 순간 자신들은 역사와 함께 하고 있다는 생각이 들었다. 진정한 군주를 만났고, 군주를 섬기기로 다짐했으며, 그 군주가 역사의 한 장을 장식할 사람이라는 것을 알게 되었다.

그들은 예를 올린 후 말 머리를 돌려 죽음의 장벽으로 향했다. 장벽으로 향하는 그들의 얼굴은 희망이 깃들어 있었다.

그들도 알고 있었다.

지금은 살아남았지만 이들 중 많은 이들이 끝까지 함께하지 못할 것을 말이다. 하지만 그럼에도 이들이 웃을 수 있는 것은 자신들의 전투가 헛되지 않을 거라는 확신을 가졌기 때문이었다.

제2장

환영한다

Warrior

"저대로 보내도 되겠습니까?"

키튼이 물었다.

"그 정도도 이겨내지 못한다면 의미 없지."

"하긴……."

얼마 남지 않은 병력을 추슬러 장벽까지 도달할 수 있을 것이냐는 질문에 카이론은 간단하게 답을 했다. 그 정도도 추스를 수 없다면 영주로서의 자격이 없다고 할 수 있었다.

이 정도에 영주의 명을 따르지 않을 기사들과 병사들이라면 평소 영주에 대한 그들의 민심을 그대로 반영하는 것이니까. 그러한 영주라면 득보다는 실이 더 많을 수밖에 없었다. 아무리 급하다고 해도 불도 피우지 않고 요리를 할 수는 없는 법이니까.

"상황은?"

"휴런에 3천, 레이크에 1천입니다."

"둘로 나누지."

"어떻게 말입니까?"

"레이크는 불카투스가 간다. 3백이면 될 것이다."

"크흐흐. 좋지."

불카투스는 3백으로 1천을 치라고 하는 카이론의 명령을 마다하지 않았다. 기실 익스퍼트의 기사 3백이면 1천이 아니라 3천이라도 상관없었다. 거기에 일인 군단이라고 할 수 있는 불카투스가 있으니 무엇이 문제이겠는가?

"프라이머를 부관으로 한다."

카이론은 그에게 프라이머 엔그로스를 붙였다. 그가 일인 군단인 것은 맞으나 작전이란 면에서는 프라이머가 훨씬 더 뛰어나기 때문이다. 그리고 프라이머는 상당히 신중한 성격이니 둘의 조합은 참으로 훌륭하다 할 수 있었다.

"좋군. 바로 출발하지."

불카투스가 3백의 인원을 선발했다. 그리고 달리기 시작했다.

그는 항상 달린다. 그의 체구에 맞는 전투마가 없기에 그는 달릴 수밖에 없었다. 하나 그의 달리기는 상상을 초월한다.

어떤 전투마보다 빨리 달렸고 지치지 않았다. 그러하기에 그는 항성 선두였다. 그러한 그를 보조하고 조율하는 것이 바로 프라이머의 역할이라 할 수 있었다. 불카투스를 따라 두 명의 세븐 스타가 따라 나섰다.

시모 하이하, 프라이머 엔그로스.

그 두 명은 모두 소드 마스터이다. 마스터 네 명과 전원 익스퍼트인 기사 3백. 그 누가 있어 그들을 막을 수 있을까? 하물며 1천의 적을 기습함에야 필승을 자신할 수 있었다. 멀어져 가는 그를 바라보던 카이론이 말고삐를 틀어 달려갔다.

그들이 향하는 곳은 바로 휴런 지역이었다. 가장 최우선의 목표는 3천의 병력이라 할 수 있겠으나 궁극적으로는 적의 보급로 차단이었다. 그가 불카투스와 갈라선 이유도 바로 그것이었다.

어떤 패턴을 보이는 것이 아니라 불특정한 패턴으로 공격할 작정이었다. 그렇다면 적들은 당황할 수밖에 없다. 이런 게릴라 전법은 적들을 불안하게 해 진군 속도를 늦출 것이다.

카이론이 노리는 것은 바로 그것이었다. 적들의 진격 속도를 늦추는 것. 너무 큰 손해도 너무 작은 손해도 안 된다.

너무 그 피해가 크면 미친 척하고 돌격하며 초토화 작전을 쓸 것이고, 너무 작으면 신경 쓰지 않게 된다. 그러하기에 적당한 피해가 중요했다.

그전에 적들에게 경고를 하기 위해 세 개의 접근로를 막은 부대를 전멸시키기로 했다.

우선 한 곳. 앨코나는 깔끔하게 마무리되었다. 포로가 없기에 이것이 알려지려면 아마도 조금 시간이 필요할 것이다. 그 시간에 다시 두 개의 접근로를 막아서고 있는 적 부대를 제거해야만 했다.

카이론은 세 명의 세븐 스타와 7백의 병력으로 움직였다. 병력이 수가 적은 만큼 그들의 움직임은 그야말로 전광석화와 같았다. 불과 하루 만에 구릉지로 이뤄진 앨코나를 벗어나 암석 지대로 이뤄진 휴런에 도착한 것이다.

검은 암석 지대인 블랙 마운틴과 흰색 암석으로 이루어진 화이트 마운틴이 보였다. 그리고 그 두 지역을 중심으로 고만고만한 산과 구릉이 연속되어 있었다. 종종 상상조차 할 수 없을 정도의 거대한 나무가 보이기는 하지만 전체적으로 나무의 키는 작고, 메마른 느낌을 전해줬다.

바짝 마른 풀 조각이 바람에 날렸다. 카이론은 특전대원 7백과 함께 낮은 구릉에 올라 사방을 훑어보았다. 그가 바라보는 곳에는 아무것도 없었다. 하지만 안력을 돋구어 자세히 살펴

본다면 암석처럼 회색 혹은 거무죽죽한 색으로 위장된 곳에 사람이 있다는 것을 알 수 있었다.

물론, 안력을 돋구기 위해서는 그에 상응하는 실력이 필요할 것이다. 바로 그들을 바라보고 있는 특전대원들처럼 말이다.

"1천 정도입니다. 먼 거리에서 소리가 들리는 것을 보니 1천은 매복, 1천은 위력 정찰에 나간 것으로 보입니다."

세븐 스타 중 가장 뛰어난 실력을 보이는 키튼이 한 번 쓰윽 훑어보더니 상황을 설명했다. 그가 그럴 수 있었던 것은 역시 거의 평생이라 할 수 있는 시간을 전장에서 보낸 덕분이었다.

그리고 카이론에게 전수받은 검술과 마나 호흡법으로 늦게 시작했지만 가장 앞서 나가고 있었기 때문이었다. 카이론이 보기에 그는 조만간 또 하나의 벽을 허물 수 있을 것으로 보였다.

이 세계는 기사의 경지를 세 가지로 구분한다.

소드 마스터, 그레이트 마스터, 그랜드 마스터 이렇게 세 가지로 말이다.

고대에는 그레이트 마스터란 단계가 없었지만 마법이 사라지고 기사들의 수준이 떨어지다 보니 소드 마스터에서 그랜드 마스터로 가는 길목에 그레이트 마스터라는 하나의 단계를 더 놓았다.

오러 블레이드로 화려한 꽃을 피워내고 드래곤의 브래스

까지 막아낸다는 그랜드 마스터에 오르면 에이션트 드래곤과
도 대적해 승리할 수 있을 정도의 강력함을 지닌다고 했다.
사람들은 그것을 그저 신화시대에 전해져 오는 전설로 치부
하기도 했지만 역사서에는 분명히 그랜드 마스터라는 존재가
있었다.

물론, 현재는 소드 마스터조차 보기 드물었으니 그레이트
마스터니 그랜드 마스터니 하는 것이 꿈과 같은 이야기일 수
도 있을 것이었다.

키튼은 일반적으로 정해진 단계로 따르면 소드 마스터의
목전에 다다른 소드 익스퍼트 최상급이라 할 수 있었다. 순간
적인 마나의 응집을 보고 불락 남작은 세븐 스타 모두를 소드
마스터라 생각했지만 말이다.

어떤 계기가 주어진다면 당장에 그 얇은 벽을 허물고 완전
한 소드 마스터에 오를 정도의 실력인 것이다. 그러한 그가
전장의 경험까지 풍부하니 그저 한 번 스윽 훑어봤음에도 불
구하고 전체의 상황을 어렵지 않게 추론해 내고 있었던 것이
다.

"어찌하면 될까?"

카이론의 물음에 키튼이 흰 이를 드러내며 웃었다.

"알려줘야 하지 않겠습니까? 기습당했다는 것을 말입니
다."

키튼의 말에 카이론이 고개를 끄덕였다. 단순한 기습이 아닐 것이다. 키튼이 말하는 것은 적의 오만함을 비웃는 계략이었다. 겨우 1천도 안 되는 수에 전멸에 가까운 타격을 입었다는 것을 알려주는 것이었다.

상대는 앨코나와 휴런, 그리고 레이크까지 하면 총 9천의 병력이었다. 그들의 표현대로라면 한 개의 만인대가 전멸에 가까운 타격을 입었다는 것이다. 자존심에 상처를 입을 것이다.

지금까지 카테인 왕국의 남부를 유린하면서 한 번도 패배라는 것을 맛보지 않은 저들이었다.

자연히 그들은 분노할 것이고 모든 전력과 시선은 당연히 기습한 부대를 찾아내기 위해 혈안이 될 것이었다. 그 틈을 타 자신들은 병력을 합류시키고 그들의 배후로 돌아가 방심한 보급로를 끊을 것이다.

때로는 하나로 때로는 둘로 때로는 셋으로 갈라지면서 말이다.

"병력을 나눈다."

"매복을 칩니까?"

"키튼이 매복조를 친다. 해머슨과 미켈슨이 그를 따른다."

"며엉!"

7백의 병력이 다시 절반으로 나눠진다. 그리고 말을 몰아

키튼이 말했던 적들이 매복해 있는 곳으로 향했다. 이제 자신과 캐슬린이 남았다.

"2백으로 후미를 공격해 들어온다."

"명!"

캐슬린이 2백의 병력으로 지금 위장된 천막으로 진형을 형성하고 있는 적의 배후로 말을 몰아갔다. 그에 카이론은 아주 느긋하게 말을 몰아 적이 진을 치고 있는 곳으로 향했다.

서둘 필요는 없었다.

아니 오히려 여유 있어야만 했다. 자신은 절대의 포식자이다. 어떤 적을 앞에 두고서도 두려워하지 않고 물러서지 않아야만 했다. 지금 남부의 귀족들과 기사들에게 필요한 것은 그 어떤 것에도 무너지지 않은 절대의 강함이었다.

1백으로 1천이 있는 곳으로 들어가더라도 결코 서두르지 않고 느긋하게 다가가, 오만하게 그들을 부숴야만 했다.

그렇게 그의 모든 것이 하나하나 쌓이고 알려질 것이다.

인간의 소문은 말보다 빠르다. 번개보다 빠르고 말이다. 시작이 늦을 뿐. 이미 그 말보다 빠르고 번개보다 빠른 소문은 지금 남부 전역에 널리 퍼지고 있었다.

오늘의 전투도 널리 퍼질 것이다. 사람의 눈이란 어디에고 존재했고, 사람의 입이란 가지 못하는 곳이 없으니 말이다. 그리고 그에게는 사람의 눈과 입, 그리고 귀를 너무나도 잘 활용할 줄 아는 두 명의 현자가 있었다.

물론 카이론이 그러한 것에 신경 쓸 필요는 없었다. 그에게 필요한 것은, 모두를 아우를 수 있는 무력과 결정력, 그리고 때에 따라서는 포용력이 필요했다.

그는 이제 남부의 패자였다.

자리가 변함에 따라 그 자신도 변해야만 했다. 그리고 지금은 그 위용을 보여줄 때였다. 그는 가장 선두에서 말을 몰아갔고, 그 뒤로 캐슬린과 150명의 특전대원이 따랐다.

"서라! 누구냐?"

그가 어느 정도 거리에 근접했을 때 바위로 위장하고 있던 나파즈 왕국의 병사가 길고 날카로운 창을 내밀며 위협을 가해 왔다.

"카이론 에라크루네스."

"뭐?"

"못 들었나?"

못 들었을 리가 없다. 카이론은 정확하게 자신의 이름과 성을 말했고, 그 음성은 정확하게 병사에게 전달되었으니 말이다. 하지만 전혀 들어보지 못한 이름이기에 병사는 놀라 되물은 것이었다.

"그런 이름은 들어본 적 없다."

그에 카이론이 고개를 주억이며 말을 몰아 앞으로 나가기 시작했다.

"당연하지."

"당연?"

"나는 카테인 왕국의 남부, 죽음의 장벽을 지배하는 자이니까."

"뭐?"

"쉽게 말하면 너희들의 적이라는 말이지."

"어억!"

"저, 적이다!"

반응은 즉각적이었다. 하나 그 반응을 보인 후 경계를 서던 두 병사는 목을 잃고 허물어져야만 했다.

때대대댕!

급격하고 시끄러운 타종 소리가 위장 된 진영에 울려 퍼졌다.

"뭐, 뭐냐!"

"저, 적이다!"

"적습이다!"

전면에서 목이 잘려 죽어 나자빠진 병사를 본, 위장을 하고 있던 병사들이 외쳤고, 수많은 병사가 그 즉시 무기를 들고 그들을 향해 쇄도했다. 그리고 이미 후방에 위치해 있던 1백 정도의 궁수들은 활에 화살을 재고 접근하고 있는 카이론 일행을 향해 화살을 쏘아 올리고 있었다.

하지만 카이론은 그 화살을 허용하지 않을 작정이었다. 그는 어느새 언월도를 빼내 들고 전방을 향해 들어 올렸다. 그에 그의 언월도 끝에서 희뿌연 실 같은 것이 한 줄기 돋아나더니 이내 수십수백… 아니, 수천수만의 줄기가 만들었고, 종내에는 둥근 타원형의 방패를 만들어냈다.

투다다닥!

쏘아진 화살이 그 거대하고 둥근 타원형의 방패에 부딪혀 튕겨져 나갔다. 그 모습을 지켜보던 기사들과 병사들은 입을 떡 벌릴 수밖에 없었다. 본 적도, 들어본 적도 없는 기사 중에 기사가 자신들의 눈앞에서 벌어진 것이다.

"대, 대체……."

적습이라는 소리를 듣고 부리나케 무장을 챙기고 천막 밖으로 모습을 드러냈던 나파즈 왕국의 사령관 에일러스 남작은 심장이 입 밖으로 튀어 나올 것 같이 놀랄 수밖에 없었다.

나파즈 왕국에서 가장 강한 자는 3군 본진을 이끄는 제퍼슨 브라운 후작이었다.

그는 나파즈 왕국 유일의 소드 마스터. 그러한 그조차도 방금 저 거구의 사내가 했던 타원형의 방패를 만들어낼 수 없었다.

하지만 그의 놀람은 그것이 끝이 아니었다. 화살이 모두 쏘아진 것을 안 그자가 외쳤다.

"공격!"

크게 외친 것도 아니었다. 그저 무덤덤하게 옆 사람과 대화하듯 입을 열었을 뿐이었다. 하나 한참이나 떨어져 있을 그의 목소리가 진중 전체에 퍼지며 너무나도 확연하게 들려왔다. 그리고 그는 전신을 벌벌 떨 수밖에 없었다.

공격해 들어오는 적들의 무기에서 솟아나는 것.

그것은 분명 마나였다.

오러 스트림, 오러 포스, 오러 얀, 오러 웨이브까지.

한마디로 치고 들어오는 150명 전원이 익스퍼트였다.

에일러스 남작은 숨이 막혀 비명조차 지를 수 없었다. 자신도 그러할진대 병사들은 어떠할 것인가? 그들은 더하면 더했지 못하지는 않았다. 하지만 이것은 약과였다.

"뒤, 뒤!"

"뒤에도 적이다!"

"뭐, 뭐라?"

기겁을 한 에일러스 남작은 경기를 일으키며 소리 나도록 몸을 돌려세웠다. 그리고 보았다. 백은발의 여기사였다. 클레이모어에 검신보다 긴 오러 블레이드가 시전되어 있고, 그녀를 따르는 2백의 병력 모두 오러 스트림부터 오러 웨이브까지 시전해 기사들과 병사들을 도륙하는 것을 말이다.

"어떻게… 어떻게……."

그는 얼굴이 허옇게 뜬 채 주먹을 꽉 쥐고 제자리에서 부들부들 떨 뿐이었다. 도대체 저들이 누구란 말인가? 누구이기 이곳에 있단 말인가? 이 빌어먹을 카테인 왕국은 도대체 어떻게 저런 대단한 자들을 두고도 이리도 밀린단 말인가?

도무지 알 수 없었다. 하늘이 빙글빙글 도는 것 같았다.

"피하셔야 합니다. 사령관 각하!"

그때 한 기사가 그를 일깨웠다.

"아? 아! 피, 피해야지."

고작 3백 정도였다. 그 3백에 1천의 기사와 병사들이 도륙당하고 있었다. 이게 도대체 말이 되느냔 말이다. 저런 전력을 가지고 있으면서 대체 카테인 왕국 놈들은 왜 그렇게 무력했느냔 말이다.

"어서!"

다시 침잠해 들던 그의 정신을 일깨우는 기사.

"기, 길을 연다."

"명!"

에일러스 남작을 에워 싼 기사들이 말을 몰아갔다.

"비켜라! 비켜라!"

"물러서지 마라! 물러서는 자 내 검에 죽을 것이다!"

그러면서도 그들은 병사들을 독려했다. 그들이 인의 장막을 만들어 줘야만 자신들의 탈출이 수월하기 때문이었다. 하나 불행히도 상황은 그들의 생각대로 흘러가지 않았다.

"어딜 가려 하는가?"

그들의 앞에 한 명의 거대한 사내가 말을 탄 채 그들을 노려보고 있었다. 예의 그 알 수 없는 방패를 만든 자였다.

"죽엇!"

하나 기사들은 결코 그의 말에 대답해 주고 싶은 생각이 없었다. 그들의 머릿속에는 어떻게 해서든지 이자를 거꾸러뜨리고 이 지옥과 같은 곳을 벗어나는 것밖에 없었다. 그들은 사명감에 불타오르고 있었다.

기사로서 그 맡은 바 임무를 완수해야만 했다. 에일러스 남작을 에워싸고 말을 몰던 기사들은 어느새 카이론의 주변을 에워싸고 거칠게 마상 장검을 휘두르거나 길고 뾰족한 창을 내지르거나 할버드의 도끼로 그를 내려찍었다.

하지만 그 누구도 그를 어찌 해볼 정도의 공격을 가한 자는 없었다.

막고 피하고 흘리고…….

그 간단한 동작으로 그는 자신을 향해 쇄도하는 모든 것을 재껴냈다. 물론 카이론의 행동은 거기에서 끝나지 않았다.

그는 일군을 이끄는 사령관으로서, 혹은 죽음의 장벽을 드리운 이로서 자신을 위해하는 자들을 살려둘 정도로 자비심이 넘치는 이가 아니었다. 그리고 전투란 이미 죽음이라는 경계에 반쯤을 발을 담그고 있는 상황이지 않는가?

그의 언월도가 추호도 망설임 없이 움직이며 기사들의 목과 가슴과 허리를 자르고 스치듯이 지나갔다. 그가 지나간 자리에는 비명조차 지르지 못한 시체가 쌓였다.

"막아! 막으란 말이다!"

"공겨억! 공격하라!"

기사들은 자신들의 힘으로 어쩔 수 없다는 것을 재깍 깨닫고 병사들을 방패삼았다. 하나 그것조차 소용없었다. 기사조차도 상대가 안 되거늘 병사들이 어떻게 상대가 될 것인가? 이들이 아무리 강군이고 정예 병력이라 한다지만 죽음이라는 것은 그 모든 것을 무력화시키는 특이한 힘이 있었다.

움직일 수 없었다. 그들은 얼어붙은 듯 움직이지 못하고 공포에 질려 버렸다. 어떤 이는 카이론의 그 어마어마한 모습에 자신도 모르게 지린 자들도 있었다. 그렇게 카이론은 점점 나파즈 왕국의 병사들이나 기사들에게 공포의 대상이 되어가고 있었다.

*   *   *

3군 본대의 주둔지.

그곳의 외곽을 지키고 있던 병사의 눈에 저 멀리서 희뿌연 먼지를 일으키며 질주해 오는 말이 보였다. 병사는 즉시 보고를 했고, 기사는 몇 명의 병사를 대동해 질주해 오는 말에게 향했다.

"정지! 정지하라!"

기사는 달려가며 외쳤다. 하나 말을 타고 있는 자는 정지할 의사가 보이지 않았다. 점점 가까워지고 있는 상태.

기사가 먼저 손짓을 보내 병사들에게 활을 준비하도록 했다. 여차하면 바로 활을 쏘아댈 목적이었다.

"정지하지 않으면 발사하겠다."

하나 여전히 기세 좋게 달려오는 말. 기사는 손을 들어 올렸다. 기사는 잠시 기다리며 달려오는 말 위에 있는 기수를 바라봤다. 한데 조금 이상했다. 제대로 된 기마 자세가 아니었다.

그에 기사는 안력을 돋구었다. 조금씩 말 위에 있는 자의 모습이 보였다. 그러면서 기사의 눈동자가 점점 더 커졌다. 온통 마른 핏물과 흙먼지로 가득했지만 분명이 자신이 알고 있는 기사였다.

"챨스……?"

그는 활을 들고 대기하고 있는 병사들에게 경계를 풀라하고 득달같이 말을 달려 나갔다. 그는 마치 스치듯 달려오는 말의 고삐를 잡아채고 말을 멈춰 세웠다.

"워, 워~"

말을 멈춰 세우자 기사는 말 위에 있는 기사를 확실하게 구별할 수 있었다. 평소 데면데면하기는 했지만 분명히 아는 기사다. 그리고 기사는 이미 혼절해 등 뒤에 세워진 나무판자에 꽁꽁 묶여 있었다.

의도는 분명했다.

적들은 무언가 전할 말이 있다는 것이었다. 그것을 증명이라도 하듯이 꽁꽁 묶여 있는 기사의 품속에서 삐죽하게 솟아 있는 두루마리 양피지를 볼 수 있었다. 기사는 말을 멈추고 조심스럽게 기사를 끌어 내렸다.

그때 챨스라 불렸던 기사가 목젖을 꿀렁거렸다. 말라 부르트고 갈라진 입술. 얼굴 전체를 뒤덮은 딱지 진 핏물에서 균열이 일어났다.

"무… 무……."

"물! 물을……!"

그에 병사 중 한 명이 재빠르게 물을 건넸고, 기사는 챨스의 입술을 먼저 축였다. 챨스는 혀로 입술을 핥았다. 기사는 계속해서 챨스의 입술에 물을 적셨고, 챨스는 그 물을 빨아먹었다. 그러기를 한참 동안 반복했고, 기사는 손을 그릇처럼 오므려 물을 조금 받아 챨스의 입으로 흘렸다.

그런 반복적인 행동이 계속되었다.

"하아~"

그제야 챨스는 깊은 한숨을 내쉬며 가늘게 눈을 떴다.

"누구우……."

"날세. 히스!"

"아! 히이스으……."

"정신이, 정신이 드나?"

"알려어… 알려야 하네… 빠, 빨리……."

"그, 그래."

이 상태로는 말에 태우기 힘들다고 판단했던지 기사 히스는 병사들의 창 두 개를 나란히 놓고 그 사이에 망토를 둘러 단단히 고정시켰다. 그리고 그 망토 위에 기사 챨스를 조심스럽게 누이고 병사들을 앞뒤로 들게 해 이동했다.

"지급이다!"

기사 히스는 지급을 외치며 진중을 가르고 지나갔다. 그리고 3군 본대의 사령관이 있는 거대한 천막 앞에 섰다.

"무슨 일인가?"

브라운 후작의 천막을 경계하고 있는 기사가 물었다.

"휴런으로 지원 나갔던 챨스 크라운 기사가 돌아왔습니다."

기사 히스의 말에 들것에 죽은 듯이 누워 있는 챨스 크라운 기사를 바라봤다. 한눈에 보기에도 기식이 엄엄한 상태. 저런 상태로 어떻게 살아 돌아왔는지 의문이 들 정도였다.

"기다리게."

하지만 절차는 절차. 경계를 서던 기사는 히스 기사를 기다리게 하고 천막 안으로 들어갔다. 상황을 설명하고 승낙을 얻기 위한 것이다. 히스 기사는 답답한 표정으로 천막 안으로 들어간 기사가 나오기를 기다렸다.

그리고 채 1분도 지나지 않아 기사가 나왔고, 히스 기사와 들것은 들은 병사들은 천막 안으로 들어갈 수 있었다. 천막 안에는 귀족들과 지휘관들이 모여 있었다. 작전회의 도중이었던 것 같았다.

그 모든 귀족과 지휘관들의 시선이 한꺼번에 히스 기사와 들것에 실린, 미약한 가슴 기복으로 겨우 숨이 붙어 있다는 것을 느낄 정도의 챨스 크라운을 향했다. 기사 히스는 절도 있게 군례를 올렸다.

"히스 바르독이 3군 사령관 각하를 뵙겠습니다."

"인사는 되었고, 양피지를 가져오라."

"명!"

브라운 후작의 옆에 있던 기사가 짧게 명을 받았다. 죽은 듯이 누워 있는 챨스 크라운의 품속에서 삐죽 튀어나와 있는 양피지를 집어 들고 브라운 후작에게 두 손으로 공손에게 올리는 기사였다.

브라운 후작은 피가 덕지덕지 묻은 양피지를 펼쳐 보았다. 양피지를 펴는 순간 브라운 후작의 눈동자는 커졌다. 그러다 이마에 힘줄이 돋아났다. 천막 안에 있는 기사들과 귀족들은 긴장할 수밖에 없었다.

감정의 표현이 극도로 절제된 브라운 후작이었다. 그러한 브라운 후작이 저 정도의 반응을 보였다는 것은 그야말로 대단한 사건이라 할 수 있을 것이었다. 브라운 후작은 조용히 들고 있던 양피지를 곁에 있던 군사장에게 전했다.

양피지를 받아든 가르시아 백작. 그 역시 양피지를 펼쳐 보는 그 순간 눈을 동그랗게 뜰 수밖에 없었다. 양피지에 써 있는 글은 딱 두 줄이었다.

죽음의 장벽에 온 것을 환영한다!
장벽의 제왕 카이론 에라크루네스.

자신의 소속을 밝힌 것을 제외하고는 딱 한 줄이었다. 환영한단다. 거침없이 밀리고 있는 이 와중에도 장벽의 제왕이라 일컬어지는 카이론 에라크루네스는 자신들을 환영한단다.

가르시아 백작은 보지 않아도 알 수 있었다.

1, 2, 3번 접근로에 파견되었던 9천의 병력은 전멸당했다는 것을 말이다.

사실 불안하기는 했다. 매일 마법 통신으로 조회와 결산을 했는데 어제와 오늘 통신이 되지 않았다. 무언가 사달이 일어났다는 것을 직감적으로 느꼈다.

하나 기다릴 수밖에 없었다. 그리고 애써 위안했다.

'별일 없을 것이다.'

'복귀하면 단단히 주의를 줘야겠어.'

별스럽지 않게 그렇게 넘겼다. 그런데 단 한 명을 살려 보냈다. 그리고 그 한 명조차도 숨을 헐떡이고 있었다.

기사들과 귀족들이 일제히 들것에 실려 있던 기사를 바라보았다. 천막 안으로 들어올 때만 해도 가슴에 조용한 기복이 있었던 기사였다.

하나 지금 이 순간, 가슴의 기복이 없었다. 곁에 있던 기사 히스 바르독이 빠르게 검지를 코 밑에 대어보고, 다시 엄지와 검지로 목의 동맥을 살폈다. 숨이 쉬어지지 않고 맥이 뛰지 않았다.

그는 고개를 들어 올려 고개를 좌우로 저었다. 죽은 것이다.

이것은 모욕이었다. 딱 양피지를 전할 정도만 숨을 붙여 놓은 것이었다. 그것을 바라보고 있는 브라운 후작의 얼굴은 딱딱하게 굳어졌다.

"장벽의 제왕이라……."

"……."

그가 독백처럼 되뇌었다. 차갑게 가라앉은 브라운 후작의 갈라진 목소리. 그것은 그의 분노가 얼마나 대단한 것인지 단적으로 알려주는 것이었다.

"그자가 그토록 대단한 자인가?"

그자.

즉, 카이론 에라크루네스를 말함이었다. 그에 가르시아 군사장이 카이론 에라크루네스에 대한 그간 조사한 바를 고하기 시작했다.

"북동부의 귀족파에 속한 에라크루네스 백작 가문의 차자로 18세에 카테인 왕국의 엘리시움 아카데미를 조기 졸업했습니다. 조기 졸업의 이유는 졸업 시험 시 무단이탈에 대한 벌칙이었으나 사실 그의 이복형인 수아레스 에라크루네스와의 후계자 경쟁에서 밀렸기 때문이라 할 수 있습니다."

"계속하도록."

지독한 모멸감과 수치심을 느끼면서도 브라운 후작은 카이론 에라크루네스에 대한 모든 것을 듣고 싶어 했다.

"이후 98대대 1중대 임시 중대장으로 5개월간 역임 후 특수 임무를 하달받고 지금의 비수 진지를 개척하는 중 바이큰족의 '피를 마시는 자'로 유명했던 고야틀레 9천인장을 제거하는 데 성공했습니다. 정식 중대장을 거쳐 현재 군부의 실세로 일컬어지는 미하일로프 체스터 백작의 눈에 띄어 특수여단의 전대장을 역임했습니다."

"불과 19살에 말이지?"

"그렇습니다."

"으음……."

브라운 후작은 카테인 왕국의 특수여단이 얼마나 강력한 부대인지 너무나도 잘 안다. 독종 중에 독종이면서도 실전으로 갖춰진 그들의 실력은 실로 탐나는 인재들이라 할 수 있었다. 그중 전대장은 익스퍼트 중상급의 실력자들만이 오를 수 있는 자리지 않던가?

그런데 겨우 19살에 특전여단의 전대장을 꿰차고 앉았다. 아무리 군단장의 총애가 있다고 할지라도 전대장은 기본적인 실력이 받쳐 주지 않으면 불가능한 자리였다.

"대단하군."

"계속하겠습니다. 그 6개월 후 카테인 왕국은 대대적으로 동계 혹한기 훈련을 실시했으며, 그는 그 훈련에서 북부 귀족파의 실질적인 무력이라 할 수 있는 익스퍼트 상급의 스트라이든 말코비치 자작을 제거했습니다."

"흐음. 이미 스무 살에 그는 상급에 이르렀다는 말이겠군."

"객관적인 판단은 그렇습니다."

"계속하게."

들으면 들을수록 대단했다. 스무 살에 상급이라니. 이것이

대체 말이 되느냔 말이다. 나파즈 왕국 최고의 천재로 일컬어지는 자신조차 서른이 넘어서야 상급에 오를 수 있었다. 그럼에도 당시 나파즈 왕국에서는 가장 빠른 속도였다.

그런데 겨우 스물에 상급에 오르다니. 있을 수 없는 일이었다. 그리고 그 순간 브라운 후작은 카이론 에라크루네스라는 자에 대해서 묘한 호승심을 느끼고 있었다.

"하지만 그의 실력이 뛰어남과는 다르게 당시 카테인 왕국의 정세는 그리 좋지 않았습니다. 북부의 귀족들이 들고 일어났고, 군부의 귀족은 그를 포기했으며, 삼왕자 전하께옵서 펼치는 계략은 그 끝을 향해 달리고 있었습니다."

"해서?"

"그는 훈련 중 정식 귀족을 사살했다는 점을 들어 카테인 왕국 귀족회의에서 만장일치로 알카트라즈에 100년간 유배되는 실형이 확정되었습니다."

"어리석은 놈들. 어찌 그런 재목을… 한데 알카트라즈에 있어야 할 자가 어찌……?"

알카트라즈에는 나파즈 왕국의 귀족과 기사들도 있었다. 알카트라즈는 나파즈 왕국에도 그 드높은 악명이 자자할 정도로 불귀의 감옥이었다. 모를 리 없었다.

"폭동을 일으켰습니다."

"허어~"

"폭동은 보기 좋게 성공했고, 귀족들은 그것을 기회 삼아 병력을 일으키기 시작했으며, 그것이 발단이 되어 카테인 왕국은 세 조각으로 분리되어 내전에 돌입했습니다."

"귀족들은… 기회를 노리고 있었던 것이로군."

"명확하게 삼왕자 전하께옵서 계획했던 바로 첫 불꽃이 바로 알카트라즈의 폭동이었습니다. 하지만 여기서 신중하게 생각해야 할 것이 있습니다."

"무언가?"

"마나 스캐터를 어찌 해독하고 마나 억제 수갑과 족쇄를 어떻게 풀어냈는가 하는 것입니다."

"그것은…….."

가르시아 군사장의 말에 브라운 후작은 눈가를 잘게 떨었다. 잔인하기 그지없는 마나 스캐터. 마나를 다루던 자들은 그 지독한 상실감에 스스로 목숨을 끊기도 했다.

열에 여섯은 그러했다. 또한, 살아남는다 해도 그 지독한 중독성은 쉽게 치유되지도 않는다. 평생을 폐인처럼 살아야만 하는 것이 바로 마나 스캐터였다. 게다가 정말 그러한지는 모르지만 고래로 가장 강한 금속이라는 아다만타이트로 제작된 마나 억제 수갑과 족쇄까지 풀어냈다.

나중에는 열쇠로 열었다 한들, 최초로 마나 억제 수갑과 족쇄를 풀어낸 자는 대체 어떻게 풀어냈을까? 결국은 가장 강한

금속이라는 아다만타이트를 깨뜨릴 만한 힘이 있었다는 말이
된다.

또한 그는 애초에 마나 스캐터에 중독되지도 않았다는 말
이 될 것이고.

"방조자가 있었던가?"

"아시지 않습니까? 알카트라즈는 인세의 지옥이며, 그러한
것을 허용치 않는다는 것을 말입니다."

"끄음."

"그리고……."

가르시아 군사장이 말을 흐렸다. 브라운 후작이 그를 바라
보았다. 아니, 이 천막 안에 있던 모든 지휘관과 귀족들이 그
를 바라보았다.

"알카트라즈에 수감된 이들 중 대부분이 마나를 다루는 자
들이라는 것입니다."

그것이 결정적이었다. 기사도 있고, 귀족도 있고, 마법사도
있었다. 물론, 마나를 다루지 못한 평범한 정치적인 이유로
수감된 자들도 있었고, 말만 들어도 전신이 떨려올 흉악범도
있었다.

하지만 마나 스캐터에서 살아남고, 아다만타이트의 족쇄
와 수갑, 그리고 제대로 된 치료조차 받지 못하고 영양가라고
는 전혀 없는 하루 두 끼의 식단과 손에서 진물이 날 정도의

고된 광산 작업에서 살아남을 수 있는 자들은 과연 누구일까?

분명 그 살아남은 대부분은 과거 마나를 다루고 신체 강건한 사람일 것이었다. 그런데 그런 사람들이 마나 스캐터를 해독하고 다시 돌아왔다면?

솜털이 곤두서는 귀족들과 지휘관들.

"그렇군. 그들이 마나를 되찾았다면 수천의 익스퍼트로 이루어진 전무후무한 기사단이 만들어졌겠군."

"그렇습니다."

"위험하군."

"조금 더 시간을 가져야 합니다."

가르시아 군사장은 그것을 권했다. 시간을 가지자는 것을 말이다. 하지만 브라운 후작의 입에서 흘러나온 말은 부정적이었다.

"이미 기호지세가 아니던가? 여기서 군을 물린다면 우리는 다시 카테인 왕국으로 올 수 없네."

"하나……."

"본국에 알리게."

"어떤?"

"전군 동원령이 필요하다고 말이네. 또한 1만의 절망의 기사도 필요하다고 말이네."

"……."

특단의 조치였다. 3군 본대의 사령관으로서, 1, 2, 3군를 모두 총괄하는 카테인 정벌군의 사령관으로서 할 수 있는 최고의 조치라 할 수 있었다.

"그리고 흩어진 병력을 한곳으로 모은다. 전방에 대한 경계를 강화하고 주둔지를 정한다."

"명을 따릅니다."

현재 취할 수 있는 모든 방안을 취하는 브라운 후작이었다. 그는 자존심 강한 자였지만 결코 어리석은 사람은 아니었다. 적이 지금 자신들을 교란해 시간을 벌고자 함을 알고 있다. 하나 적의 실체를 알고서도 아무런 준비 없이 적진으로 뛰어들 수는 없었다.

'일거에, 일거에 들이쳐야 한다. 시간 싸움이로군.'

그렇게 생각했다. 저들에게 정비할 시간을 주지 않아야 하는데 적의 실질적인 전력을 확인할 수 없었다. 그 전에 적은 이미 자신들을 알고 모든 정보를 차단하고 있으니 말이다. 지금 가르시아 군사장이 추론해 낸 것 역시 삼왕자 전하께옵서 전달해 준 정보를 기반으로 한 추론이었으니까 말이다.

죽음의 장벽에 도대체 무슨 일이 일어나고 있는지에 대해서는 전혀 알 수 없었다. 각 지휘관들과 귀족들이 천막을 나가고 휑뎅그렁한 천막 안에서 브라운 후작의 표정은 펴질 줄 모르고 있었다.

"적의 진군이 멈췄습니다."

"다행이군."

"적의 정찰 병력이 죽음의 장벽으로 향하고 있습니다."

"그 또한 다행이고."

"어찌합니까?"

"후방을 교란한다."

"병력을 나눕니까?"

"불카투스와 나. 둘로 나눈다."

"명을 따릅니다."

카이론은 넓게 펼쳐진 남부의 평원을 바라보았다. 평화롭기 그지없었다. 하지만 그 평화로움 속에는 죽음의 향기가 스멀스멀 피어오르고 있었다. 마치 봄날 피어오르는 아지랑이처럼 말이다. 수없이 많은 죽음이 나뒹굴고 있었다.

"불카투스가 출발했습니다."

"우리도 출발하지."

"명!"

카이론은 멈추지 않는다. 적이 어떤 반응을 보이던지 멈추지 않는다. 그가 멈추는 그 순간 카테인 왕국의 남부는 나파즈 왕국에게 점령당할 것이기 때문이었다. 그는 말을 몰아 나가기 시작했다.

밤을 낮 삼아 이동했고, 식사 역시 가벼운 육포로 말 위에서 해결했다. 그들 역시 알 것이다. 이것이 시간 싸움이라는 것을 말이다. 알고 있다면 대비할 것이다. 하지만 그들이 대비하는 시간보다 더 빠르게 움직이면 된다.

빠르게 움직이자면 따로 천막을 치고 쉴 시간이 없다. 적이 예상치 못한 속도로 접근해야만 했다. 말 두 마리를 번갈아 타며 끊임없이 평원을 질주했다. 그러기를 4일. 직선으로 달렸다면 단 하루 반나절이면 가능한 거리를 4일에 걸쳐 도달했다.

시간에 쫓긴다고는 하나 적에게 이동 경로를 들켜서는 안되었다. 당연히 우회하고 낮보다는 밤에 움직일 수밖에 없는 것이 현실. 그럼에도 적의 배후로 접근하는데 4일밖에 소요되지 않았다. 입을 떡 벌릴 정도의 시간.

하지만 거기에서 그치지 않았다.

"전방 1㎞ 지점, 적 중대급 보급 부대 발견!"

"들이친다!"

"명!"

"이~ 햐아!"

곧바로 달려들었다. 작전이고 뭐고 없었다. 중대급이면 그냥 스쳐 지나가도 상관없지 않은가? 1천의 절반인 5백이 익스퍼트인 특전대원이었고, 그중 세 명은 소드 마스터였다. 중대급 규모는 그저 가벼운 식후 운동거리일 수밖에 없었다.

"저, 적이다!"

꼭두새벽 적이 급습을 했다.

"마, 막아라!"

"적은 얼마 안 된다. 막아라아!"

"무, 무슨 일이냐?"

중대급 규모를 이끌고 있던 지휘관이 풀 플레이트 메일도 제대로 걸치지 못하고 반나체 상태로 뛰쳐나왔다. 지금까지 단 한 번도 이런 기습을 받은 적 없었다. 그래서 어제는 특별히 대동한 하녀를 품었다.

그런데 이게 무슨 일이란 말인가? 지휘관이 밖으로 나왔을 때 임시 야영지는 이미 아비규환이었다. 기사들과 병사들은 죽어나가고 있었고 보급품은 불타고 있었으며, 우마는 거세게 울며 사방으로 달아나고 있었다.

"어, 어찌……."

그때 전신을 서늘하게 하는 무언가를 느낀 지휘관은 부리나케 허리를 숙임과 동시에 질척한 바닥을 굴렀다. 재빠르게 일어나려는 그 순간 차가운 감촉이 턱 밑에 느껴졌다. 그에 지휘관은 드러누운 채 상대방을 올려다보았다.

백색의 거대한 말. 전투마 중 최고급으로 쳐주는 데스트리에였다. 한눈에 알아볼 수 있었다. 데스트리에는 모든 지휘관에게 있어 꿈과 같은 명마 중의 명마였으니까. 그리고 그 위에 어두운 그림자가 있었다.

　거인이었다. 아직 밝아오지 않은 새벽에 거구의 사내의 얼굴을 볼 수는 없었다.

　"네가 이곳의 지휘관인가?"

　"그, 그렇다. 보, 본작은……."

　"그럼 죽어라."

　푸욱!

　"끄륵!"

　그대로 기형의 병기를 찔러 넣는 자. 바로 카이론이었다. 포로? 포로를 잡아서 어디에 쓴단 말인가? 군량이나 축낼 뿐. 그는 과거에도 그랬지만 앞으로도 포로는 없을 것이다. 자신은 이 세상에서 가장 악랄한 마왕이니까 말이다.

　그는 거침없이 목을 자르고 들어 올렸다.

　"적장의 목이 여기 있다. 포로는 없다."

　모든 이가 들었다. 나파즈 왕국의 병사들도 들었고, 기사들도 들었다. 특히 포로는 없다는 말에 그들은 격한 두려움이 스며드는 것을 느꼈다.

　그리고.

"도, 도망쳐라아!"

"난 살고 싶어!"

포로는 없다는 말. 그 말은 모두 죽인다는 말과 다르지 않았다. 그리고 그들이 선택할 수 있는 것은 죽도록 싸우거나 도망치거나. 하지만 병사들은 싸우기보다는 도망가는 것을 택했다.

"물러서지 마라! 물러서지 말란 말이다!"

도망치는 병사들을 가로막으며 도망치는 병사를 베어버리는 기사를 카이론은 발치에 떨어진 일반 창을 하나 집어 들어 그대로 집어 던졌다.

쐐에에엑!"

창이 날아갔고, 여지없이 기사의 심장을 관통했다.

"크허어억!"

기사는 자신의 심장을 관통한 창을 두 손으로 부여잡았다. 하지만 그 힘이 어찌나 강맹하던지 창두가 등 뒤로 튀어 나왔고, 기사는 끌리듯이 뒤로 날아가 불타고 있는 마차에 그대로 박혀들었다.

"컥!"

또 한 번의 단발마를 내지른 기사. 그 기사는 그대로 눈을 허옇게 뒤집어 간 채 절명했다. 창이 박혀드는 충격에 불타오르고 있던 마차는 무너져 내렸고, 마차 위에 올려져 있던 군수품이 와르르 쏟아져 내렸다.

"아, 악마다! 악마야~"

"으으~ 나, 난 살고 싶단 말이다. 살고 싶어."

병사고 기사고 할 것 없이 사방으로 달아나기 시작했다. 엄격한 군율은 항거할 수 없는 거대한 공포에 짓눌려 버렸다. 그는 또다시 악마가 되었다. 악마가 되어 전장을 날뛰었다. 도망가는 기사의 등에 언월도를 꽂았고, 악다구니를 쓰며 달려드는 병사의 목을 베어 넘겼다.

"크하아악!"

마지막 남은 한 명의 기사가 목이 터져라 비명을 지르며 죽어갔다. 그 기사를 마지막으로 중대급 보급 부대는 전멸했다. 아니, 몇몇의 기사와 병사들은 도망칠 수 있었다. 그러한 그들의 뒤를 바라보며 카이론은 나직하게 입을 열었다.

"가서 전해라. 악마를 보았다고. 그리고 죽음의 장벽에 온 것을 환영한다고."

제3장

오리무중

　"또 당한 것인가?"

　"죄송합니다."

　브라운 후작의 허탈한 독백에 가르시아 군사장은 머리를 조아릴 수밖에 없었다. 방법이 없었다. 적은 너무나도 신출귀몰했다. 군을 몰아갔을 때는 어느새 썰물처럼 빠져나간 후였다.

　파괴된 보급 부대의 진영은 치가 떨릴 정도로 잔인했다. 보급 부대의 규모를 만인대 규모로까지 늘려 보았다.

　공격을 받았다. 보고에 의하면 기습을 하는 적들은 천인대

규모였다.

그리고 그 천인대 전원이 익스퍼트라는 것과 소드 마스터로 보이는 자들이 열 명 가까이 포함되어 있다는 것도…….

적에 대해서 상당히 자세하게 알 수 있었다. 하지만 거기까지였다.

적들은 동에 번쩍 서에 번쩍이었다. 수십 km 정도는 그저 반나절이면 주파했고, 경계를 강화하면 교란하여 피로를 가중시키고, 피로에 경계가 약화되면 기습을 주도했다. 여우보다 더 교활한 자였다.

가르시아 군사장은 당황할 수밖에 없었다. 후방이 교란됨에 전방으로 진출할 수가 없었다. 모든 전쟁은 후방이 든든해야 가능한 법이다. 언제 어디서 뒤통수를 맞을지 모르는 상황에서 제대로 된 전투가 수행될 수 없음이니 말이다.

사실 지금 브라운 후작의 말은 질책이라 할 수 없었다. 감당할 수 없는 적에 대한 허탈감에 내뱉은 말이었으니까. 하지만 가르시아 군사장은 그것이 심장을 가시로 찌르듯 전해져왔다. 브라운 후작은 한참 동안 생각에 잠겼다. 그리고 마침내 입을 열었다.

"군을 물린다."

"하, 하지만……."

"군사장도 알고 있을 테지? 기습을 하는 이들이 점점 늘어

나고 있음을… 특히 살아 돌아온 병사들이나 기사들의 증언
에 따르면 소드 마스터로 보이는 자들마저 대거 등장했다는
것을 말이네. 물론, 정확한 증거는 없다고 하더라도 말일세."

"…알고 있습니다."

"그래. 알고 있군. 그렇다면 말이네. 그들이 과연 헛것을
본 것이라고 해야 하나? 병사들이라면 모르겠으나 기사들은
아무리 경황 중이고 전투 중이라고 하나 오러 블레이드를 구
별하지 못할 리는 없지 않은가?"

"그것은……."

가르시아 군사장이 무언가 말을 하려던 찰나 브라운 후작
은 손을 들어 그의 말을 제지시키고 자신의 말을 계속 이었
다.

"하지만 소드 마스터가 그리 많을 리는 없지… 분명 최상
급의 극에 달한 기사였음이 틀림없네. 그 경지의 기사는 일시
적으로 오러 블레이드를 만들어 낼 수 있거든? 하지만 그렇다
고 해서 우리가 그들을 막을 수 있다는 것은 아닐세."

브라운 후작의 물음 가르시아 군사장은 하나씩 자신의 생
각을 정리해 나갔다. 병사들이 늘었다는 것은 생각해 보지 않
아도 알 수 있었다.

패전한 카테인 왕국의 남부 귀족들이 그의 휘하에 들어가
고 있었다. 모래알처럼 분산되었던 카테인 왕국의 남부 귀족

들이 하나로 똘똘 뭉치고 있는 것이다.

그리고 나파즈 왕국 유일의 소드 마스터인 브라운 후작의 분석대로라면 그들은 분명 익스퍼트 최상급의 기사일 것이다. 그것도 극에 달해 약간의 깨달음만 있더라도 단박에 마스터에 오를 수 있는, 한마디로 이번 전투를 좌지할 수 있는 중요한 변수라 할 수 있었다.

이래서는 승산이 없었다.

피해는 눈덩이처럼 불어나고 있었고, 병사들은 점점 사기가 떨어지고 있었다. 결국 점령한 성에서 노략질을 해야만 했다. 현지 조달 말이다. 하지만 이것은 자신들이 의도했던 점령과는 천양지차라 할 수 있었다.

노략질을 하기 위해서 카테인 왕국을 침략한 것이 아니다. 카테인 왕국을 복속시키기 위해서 침략한 것이다. 하나의 왕국이 되기 위해서 말이다.

당연히 평민의 마음을 얻어야 했다. 아무리 하찮은 평민이라 하더라도 결국 그들을 기반으로 해야 왕국이 지탱된다는 것을 아니까.

이들은 극단적인 선택을 강요받고 있었다.

"전군을 죽음의 장벽에 집결시킨다."

"아!"

"수적인 우세가 없다는 가정하에 전투를 치른다. 삼왕자 전하께 그렇게 전하라."

"명을 따릅니다."

드디어 브라운 후작이 결심을 했다. 그는 적의 중심을 치기로 했다. 객관적으로 카테인 왕국은 분산되어 있었다. 이미 네 조각으로 갈라졌다고 해도 과언이 아니었다. 그래서 이미 9할 이상 승리했다고 생각했다.

하지만 아니었다. 카테인 왕국은 끈질기고 지독했다. 결국 죽음의 장벽을 넘지 못했다. 죽음의 장벽을 넘지 못한다면 카테인 왕국을 점령한다 해도 별다른 의미가 없었다. 왜냐하면 과거 두 번의 점령 역시 죽음의 장벽을 제외하였기 때문에 실패했기 때문이다.

죽음의 장벽은 여전히 죽음의 장벽이었다. 그곳을 넘지 못하면 아무것도 할 수 없었다.

* * *

"휴전? 휴전이라… 재상이 휴전을 제안했단 말이지?"

"그렇습니다."

귀족파의 수장인 플렉스 르위스 공작이 생각에 잠겼다. 전황이 좋지도 나쁘지도 않았다. 하지만 중요한 것은 장기전으로 갈수록 명분이 있는 재상에게 유리하게 돌아간다는 것이다.

애초의 계획은 전격전이었다.

단번에 왕도까지 치고 들어가 왕도를 점령하고 형의 무릎을 꿇리는 것이었다. 하지만 작전은 작전일 뿐. 병력을 일으키는 그 순간 일은 꼬이기 시작했다. 마치 기다렸다는 듯이 군부의 지지를 받은 중도파, 그리고 국왕을 등에 업은 재상이 병력을 일으켜 맞섰다.

전력은 백중세라 할 수 있었다. 과감하게 병력을 일으켰지만 어느 곳도 치고 들어갈 수 없었다. 그런 와중에 나파즈 왕국의 침략 소식이 들려왔다. 그 순간 르위스 공작은 '아차!' 싶었다.

애초에 전격전으로 끝내리라 생각했기에 그들을 무시했던 것이다.

정보에 의하면 재상의 요청이라고 했다. '옳다구나!' 하고 글 잘 쓰는 문관 귀족을 통해 글을 짓게 하고 그 글을 사방에 뿌렸다. 한 곳이라도 약화시켜야 했기에. 그것은 중도파 역시 마찬가지였다.

하지만 재상은 무너지지 않았다. 그의 세력은 견고하기 그지없었다. 또한 그는 '이 난국을 평정하고 왕국을 안정시키기 위해서는 반드시 그들의 도움이 필요하다' 라는 요지로 적극적으로 해명을 하고 나섰다.

상황은 점점 오리무중으로 흘러가고 있었다. 그런 와중에 또 다른 소문이 들려왔다.

장벽의 제왕에 대한 소문.

장벽의 제왕 카이론 에라크루네스.

그가 죽음의 장벽을 중심으로 30만에 이르는 나파즈 왕국군을 막아내고 있다는 것이다.

30만이다. 무려 30만의 병력을 그 홀로 지켜내고 있었다. 민심이 들썩이기 시작했다.

영웅이 없던 카테인 왕국에 영웅이 등장했다.

그 누가 있어 홀로 30만의 병력을 막아설 것인가? 그에 르위스 공작은 그의 행보에 촉각을 곤두세웠다. 시간이 흐를수록 그는 장벽의 제왕 카이론 에라크루네스라는 인물에 탄복할 수밖에 없었다.

그가 군을 일으켜 반란을 일으키기는 했지만 본시 그는 카테인 왕국의 사람이고 현 카테인 국왕의 친동생이었다. 비록 권력 싸움에 져 북방으로 밀려났지만 말이다. 그러한 그이기에 나파즈 왕국을 호의적으로 바라볼 수 없었다.

들려오는 소문은 하나같이 믿을 수 없는 이야기들뿐이었다. 2만의 병력으로 10만을 패퇴시키고, 10만을 돈좌시켰다. 남부를 휩쓸다시피 진격해 가던 나파즈 왕국을 물리치고, 그들이 점령했던 남부의 성과 백성들을 모두 회복했다.

실로 놀라운 분전이었지만 나파즈 왕국군이 모두 결집된

다고 하니 어떻게 될지 모른다. 이제 슬슬 걱정이 된다.

남부가 무너지면 반란을 일으킨 의미가 없었다. 자신은 온전한 카테인 왕국의 왕좌에 오르고 싶지 나파즈 왕국의 꼭두각시 군왕이 되고 싶지는 않았다.

그런데 그러던 차에 휴전 제의가 왔다. 그것도 철벽의 방어를 자랑하고 있던 재상으로부터 말이다. 일단은 반가웠지만 그 속내가 어떤지 몰라 고민이 되었다. 아무리 생각해도 그 속내를 알 수 없었다.

휴전이지만 힘을 합쳐서 나파즈 왕국군을 막아내자는 제안은 없었다. 그저 휴전일 뿐이었다. 도대체 그 속내가 무엇이란 말인가?

"그 속내가 궁금하군."

"재상도 상당한 부담을 안고 있을 것입니다. 그가 요청한 나파즈 왕국군 30만이 거침없이 남부를 장악하고 왕도로 향했다면 아무런 문제는 없었을 것이나, 그러지 못한 상황에서 그들은 침략 행위 해당하는 전투와 함께 점령전을 했다는 것에 대해서 말입니다."

"그렇긴 한데… 휴전 이외에 다른 제안이 없다는 것이 문제야."

"그렇습니다만……."

르위스 공작의 말에 페르그노 백작은 말을 흐렸다. 그것은 그 또한 의심스럽게 생각하고 있는 바였다. 그때 조용히 자리를 보존하고 있던 삼왕자 시그리드 르위스 카테이누스가 조용히 입을 열었다.

"이곳에 오기 전에 아바마마께옵서 하신 말씀이 있습니다."

"형님 전하께서 말입니까?"

"예."

"무슨 말씀을……."

삼왕자의 중간 이름이 르위스다. 그것이 무엇을 뜻하는 것일까? 삼왕자는 르위스 공작의 아들이다. 하지만 카테인 왕국의 국왕은 그의 아들을 볼모로 삼아 자신의 아들로 들였다. 자신의 친동생이지만 믿지 못한 것이다.

르위스 공작과 카테인 국왕의 깊고 깊은 앙금 중에 하나라 할 수 있었다.

"아바마마께서 말씀하시기를 '만약 내전이 일어나 왕국이 나눠질 상황에 이르면 나는 왕국의 검을 떠나보낼 것이다. 왕국의 검을 떠나보낼 때 왕국의 상징 역시 함께 떠날 것이다'라고 말입니다."

삼왕자의 말에 르위스 공작은 이맛살을 찌푸렸다. 그러다 무언가 짚이는 것이 있었던지 조용하게 입을 열었다.

"왕국을 여심에 세 힘이 있었으니 후에 왕국의 세 중심이 되리라. 하나는 현자의 가문이자 재상의 가문이요, 하나는 기사의 가문이자 왕국의 수호하는 가문이요, 마지막 하나는 어둠의 가문이자 왕국의 검이 될 가문이니 그 세 가문을 일컬어 카테인 왕국의 삼대 개국공신 가문이라 칭한다."

"드러커 가문, 맥그로우 가문, 슐피펜 가문을 일컬음이로군요."

"그렇습니다. 왕국의 검이라 감히 말할 존재는 슐리펜 가밖에 없지요."

르위스 공작의 말에 삼왕자가 짚어냈고, 다시 르위스 공작은 인정했다. 그리고 다시 르위스 공작이 입을 열었다.

"왕국의 상징이라 함은……."

"개국 인장이 아닐까 합니다."

그에 페르그노 백작이 조심스럽게 입을 열었다.

"말도 안 되는……."

그의 말에 다들 격하게 부정했다. 개국 인장은 오직 차대 국왕에게만 전승된다. 때문에 개국 인장은 오로지 국왕만이 가질 수 있으며, 개국 인장만이 국왕으로서의 자격을 부여하는 것이었다.

상징성과 정통성을 가진 것이 바로 개국 인장이다. 개국 인장을 가진 자가 바로 국왕이고 카테인 왕국의 지존인 것이었다. 그러하니 당연히 부정할 수밖에 없었다.

지금 자신들이 내란을 일으켜 싸우는 이유가 무엇인가?

바로 그 개국 인장을 가져오기 위해서이다. 그런데 그 개국 인장을 왕국의 검과 함께 떠나보냈다고 했다. 그것은 어둠의 가문의 수장이 개국 인장을 누군가에게 전했다는 것을 의미했다.

"한데 왜 그런 말씀을……."

르위스 공작이 자신의 친아들임에도 불구하고 왕국의 왕자이기에 편하게 말을 못 하고 말을 올리고 있었다. 명분상 그는 이 카테인 왕국의 왕자였기 때문이었다. 그리고 자신은 그 왕자를 왕위에 올리려는 귀족이었고 말이다.

불편하지만 그래야만 했다. 그리고 이제는 그것이 오히려 더 편했다.

"페르그노 백작께서 흘리신 말을 들은 적 있습니다."

"무슨……."

"장벽의 제왕이라 불리고 있는 카이론 에라크루네스 남작이 개국 인장을 가지고 있다는 소문 말입니다."

"그……."

르위스 공작은 어떤 말을 하지 못했다. 그도 들었다. 하지만 헛소문이라 일축해 버렸다. 모두 그러했다. 또한, 남부의 귀족들과 병사들이 그를 장벽의 제왕이라고 부른다 할 때에도 코웃음 쳤다.

"감히 제왕을 논하다니……."

"미치지 않고서야……."

그러했다.

그런데, 이상하게 돌아가고 있었다. 그가 정말 제왕이 되어 가고 있었다. 남부를 침략한 나파즈 왕국을 패퇴시키고 그가 개국 인장을 가진다면 그는 정말 이 카테인 왕국의 제왕이 될 것이다.

"그리고… 제가 알기로는 재상의 추적을 뿌리친 슐리펜 가문의 당대 가주의 마지막 흔적이 미소키에서 끊어졌습니다. 미소키는 중부의 최남단이고, 미소키의 휴런 호수를 건너면 남부의 평야라고 알고 있습니다. 그런데도 그의 종적이 끊어 졌다는 것은 그가 남부로 스며들었다고 봐도 무방할 것입니다."

"하지만 그렇다고 해서 그가 개국 인장을 소지했다고 하는 것은……."

삼왕자의 말에 힐데만 백작이 조심스럽게 반론을 제기했 다. 하지만 삼왕자는 침중한 안색으로 고개를 좌우로 저었다.

"당시 아바마마 곁에 남아 있던 3대 개국공신 가문은 단 하 나. 바로 어둠의 가문이자 왕국의 검이었던 알프레도 슐리펜 후작이었습니다. 현 재상이 드러커 가문을 멸문시켜 현자의 가문은 사라졌고, 에라크루네스 가문과의 영지전에서 패한 맥그로우 가문 역시 멸문당했습니다."

"그야……."

그 상황을 너무나도 잘 알고 있던 힐데만 백작은 불편한 기색을 하며 말을 흐렸다. 르위스 공작이 병력을 일으키기 위해서는 반드시 맥그로우 가문은 사라져야만 했다. 삼왕자가 에라크루네스 가문이라고 했지만 사실은 북부의 귀족파에서 맥그로우 가문을 멸문시켰다고 해도 과언이 아니었다.

"끄으음."

점점 카이론 에라크루네스 남작에게 개국 인장이 있다는 것으로 귀착되고 있었다. 그가 급작스럽게 커지고 있었다. 너무 부담스럽게 말이다.

재상이 휴전을 제안한 것도 이런 상황에서 자신들보다 빠르게 위기감을 느꼈기 때문일 것이다.

자신들보다 한발 빠르게 움직이고 있는 것이었다.

"재상은… 그것을 감지한 게로군."

르위스 공작은 불편한 표정으로 그리 말했다.

"상황을 놓고 보면 그럴 것입니다. 아마도… 본 왕자의 생각이 맞다면 재상은 나파즈 왕국과 연수할 가능성이 높습니다."

"그런……."

"어찌……."

르위스 공작과 힐데만 백작이 대경했다. 하나 페르그노 백작은 고개를 주억였다.

"그가 개국 인장을 가지고 있다면 지금의 상황이 모두 맞아 들어갑니다. 재상의 입장에서는 귀족파와 군부의 중도파보다 그곳이 더 중요한 것입니다."

"그렇군. 그렇다면 인정할 수밖에 없군."

"그렇습니다. 힘들지만 인정해야 합니다."

드디어 인정하게 되었다. 여기 있는 모두가 인정을 했다. 그러면서 그들은 동시에 의자에 몸을 묻었다. 그 누구도 입을 열지 않았다. 그것은 허탈함이었다.

"우리가… 어떻게 해야 되는가?"

그리고 길고 긴 침묵과 함께 정적을 깨고 갈라진 목소리의 르위스 공작이 입을 열었다.

"그와 연수해야 하지 않을까 합니다."

"그래. 그래야겠지. 개국 인장이 그에게 있다면 그에게 명분이 있으니 말이야."

그에게 명분이 있었다. 그가 개국 인장을 소유하고 있는 이상 그가 직접 지존의 자리에 오를 수도 있었고, 만약 그렇지 않다고 하더라고 그가 선택한 왕자가 카테인의 국왕이 될 것이다.

물론, 객관적으로 생각해 보면 그가 왕자를 선택할 이유는 없었다. 현 국왕의 세 왕자들은 각자 세력을 등에 업고 권좌에 오르기 위해 서로의 목덜미를 물어뜯고 있으니 후자의 경우는 별 의미 없음이었다.

그렇다면 남은 것은 하나. 결국 그가 권좌에 오른다고 볼 수밖에 없었다. 그것이 지금 가장 이성적인 가정이었다. 왜냐하면 그는 이미 혼자가 아니기 때문이었다. 그가 왕자를 선택한다 할지라도 그것을 호락호락하게 두고 볼 휘하의 세력이 아니니까 말이다.

결단을 내려야만 했다.

"누구를 보내야 할 것 같은가?"

"아무래도……."

"가족이 낫겠지."

"역효과가 나지 않을까 합니다."

르위스 공작의 말에 페르그노 백작이 반대했다. 하지만 현실적으로 그를 제외하고는 접점이 없었다.

"전대 가주는 어떻겠습니까?"

"페테스부르넌 에라크루네스 경 말인가?"

"그렇습니다."

"하지만 그는 병약해 칩거 중이지 않던가? 그런데 그를 다시 불러낸다? 가능할까?"

르위스 공작이 아는 한은 그랬다. 병 때문에 그의 장자인

수아레스 에라크루네스에게 백작위를 넘겨주고 정양 중인 것
으로 알려졌으니 말이다. 그에 페르그노 백작은 힐데만 백작
을 보며 물었다.

"어떻습니까?"

수아레스 에라크루네스의 외할아버지인 힐데만 백작이었
다. 또한, 직간접적으로 에라크루네스 백작 가문의 행사에 발
을 적시고 있고 말이다.

"가능할… 겝니다."

"그럼. 그렇게 하지."

"알겠습니다."

하나의 세력이 그렇게 남부를 향했다.

*　　*　　*

"끄으응!"

세 명의 귀족이 얼굴을 잔뜩 굳힌 채 앓는 소리를 냈다. 바
로 군부 중도파의 수장인 블라드 유린 후작과 그의 두뇌라 할
수 있는 미하일로프 체스터 백작, 그리고 그의 무력이라 할
수 있는 슈나이더 베를루스코니 백작이었다.

그리고 그 가운데 일왕자로 있는 안드레아스 카테이누스
왕자까지 있었다. 그 역시 세 귀족과 전혀 다르지 않은 얼굴

이었다. 아니 더하면 더했지 못하지 않은 표정이었다.

특히 미하일로프 체스터 백작은 그야말로 참담할 지경이었다. 자신이 정치적인 목적으로 버렸던 인물인 카이론 에라크루네스가 대두되기 시작하면서부터 그는 신경을 곤두세울 수밖에 없었다.

'사내의 복수는 10년이 걸려도 결코 늦지 않는 법. 내가 돌아오는 그날 그들의 목숨을 거둘 것이다.'

아직도 생생하게 기억난다. 그 강렬했던 말을 말이다.

그때 당시에는 코웃음 쳤다. 절대 돌아올 수 없는 인세의 지옥인 알카트라즈였다. 송장이 되어서야 나온다는 알카트라즈.

그런데 돌아왔다.

그가 돌아왔다.

입이 썼다. 아니, 입 안에 모래를 한 움큼 집어넣은 것 같았다.

"이 일을 어떻게 받아들여야 하겠소."

길고 긴 침묵을 깨고 유린 후작이 물었다. 그는 지금 무척이나 당황스러웠다. 일거에 병력을 일으켜 세울 때 자신들이 절대 유리하리라 생각했다. 하나 막상 뚜껑을 열고 보니 아니었다. 팽팽했다.

팽팽하다 못해 밀리는 느낌까지 들었다. 그리고 엎친 데 덮친 격으로 나파즈 왕국의 침략까지 있었다. 재상은 왕국의 위기를 넘기기 위한 병력이라고 하는데 왕국과 전쟁을 할 목적이 아니라고 하면 30만이라는 병력은 많았다.

아니, 많은 정도가 아니라 그들이 일으킨 30만은 내전을 치르고 있는 세 세력의 전 병력과 같았다.

"아마도… 재상이 나파즈 왕국에 아국을 팔아먹은 듯싶습니다."

"허어참! 어찌 그럴 수가…….”

한 왕국의 재상이 왕국을 팔아먹었다? 도저히 있을 수 없는 일이었다. 하지만 그 있을 수 없는 일이 현실로 드러나고 있었다.

"이렇게 되면 연합을 시도해야 할 듯싶습니다."

"연합? 연합이라…….”

연합이라는 말에 일왕자는 마뜩찮은 얼굴을 할 수밖에 없었다. 자신의 뒤에는 하인스 제국이 있었다. 지금 귀족파와 국왕파하고 팽팽한 접전을 치룰 수 있는 이유도 바로 하인스 제국에서 지원한 병력 덕분이었다.

그런데 연합을 하면 참으로 체면이 깎이는 일이었다. 병력을 지원해 줬음에도 불구하고 성과를 내지 못했으니 말이다.

"하인스 제국의 마틴 자작에게는 어찌 설명할 것이오?"

일왕자의 질문에 누구도 입을 열 수 없었다. 그들의 원조가 지금에 이르러서 자신들의 족쇄가 될지 누가 알았단 말인가?

그들은 그것… 그러니까 제국의 원조를 당연하다 여겼다. 형제의 나라이지 않은가?

동생 집이 어려우니 형이 도와주는 것은 당연한 것이었으니까. 그런데 점점 형의 눈치가 보였다. 뭔가를 줘야 하지 않나 하는 생각이 들고 말이다. 그리고 점점 더 그것이 압박으로 돌아왔다.

지금에 이르러서 그들은 계륵과 같은 존재가 되어버렸다. 자신들의 자율성을 잃어버린 것이다.

그에 체스터 백작은 한탄하지 않을 수 없었다. 처음부터 발을 잘못 들었다. 자신들이 독자적으로 움직이기 위해서는 원조를 요청하는 것이 아니라 어떻게 해서든지 자신들의 손으로 해결을 보았어야 했다.

"어쩔 수 없이 그를 이 회의에 참석시켜야 할 겁니다."

체스터 백작의 말에 유린 후작과 일왕자는 빠르게 고개를 끄덕였고, 베를루스코니 백작은 살짝 인상을 찌푸렸다. 자신들의 일을 남에게 결정 내리게 한다는 것이 못내 마음에 걸리기 때문이었다.

그의 의견이 제시되자마자 유린 후작과 일왕자는 지급으로 마틴 자작을 소환했다. 그리고 마틴 자작은 거드름을 피우며 무려 1시간이 지난 후에야 겨우 모습을 드러냈다. 참으로 불쾌하고 부담스러운 존재였다.

그러한 그를 일왕자와 유린 후작은 허리를 굽히며 꼬리를 흔드는 강아지처럼 대했다. 그에 체스터 백작은 침울해질 수밖에 없었다. 자신이 꿈꿨던 것은 이것이 아니었다.

'하아~ 잘못된 선택이었던가?'

그랬다.

지금 그는 후회하고 있었다.

그는 항상 말했다. 후회는 아무리 빨라도 늦은 법이라고. 그래서 후회하는 자들을 보면 항상 비웃었다. 어찌 그리도 멍청한 짓을 했느냐고 말이다. 그런데 자신이 그랬다.

자신은 지극히 멍청하고 또 멍청했다. 정치에 있어서 형제의 나라는 없다는 것을 몰랐다. 자신에게 이익이 되면 형제가 될 수 있으나, 이익이 없으면 그냥 이용해 먹기 딱 좋은 그런 얼치기일 뿐이었다.

하인스 제국이 보기에 자신들은 그저 얼치기일 뿐이었다. 그것을 경계했지만 깨닫지는 못했다. 충분히 이겨낼 수 있다 생각했다. 하나 상대는 자신의 그런 생각조차 읽고 있었고, 역이용하고 있었다.

그는 깨달았다.

'세상에는 정말 사람이 많구나. 저 거만한 마틴 자작만 해도 나와 버금가지 않은가?'

일왕자와 유린 후작의 극진한 대접을 받으며 상황 설명을 받고 있는 마틴 자작. 겨우 하인스 제국의 자작일 뿐이었다. 하지만 일왕자와 유린 후작은 간, 쓸개를 모두 빼줄 듯한 태도를 보이고 있었다.

마틴 자작. 그의 겉모습은 전형적인 귀족의 모습 그대로다. 하지만 체스터 백작은 알고 있었다. 그 사람 좋아 보이는 마틴 자작의 속내를 말이다. 사람들은 그의 그런 모습에 속고 있었다.

그는 냉철하기 그지없는 자였다. 타국의 내전에 5만이라는 병력을 그저 아무렇지도 않게 내어줄 왕국이나 제국은 없다. 유린 후작과 1왕자는 조금 더 신중해야만 했다. 하지만 마틴 자작은 그들에게 자신을 판단할 시간을 주지 않았다.

그는 적당히 거들먹거리고 적당히 탐욕스러웠다.

적당함이란 과욕을 부리지 않는다는 것이었고, 그것은 그를 평범한 귀족으로 보이기에 충분했다. 과욕을 부린다면 그 과욕에 맞춰주고 꼬투리를 잡을 수 있었다. 하나 적당한 욕심은 귀족이라면 누구나 가지는 그런 것.

그리고 저 모습은 자신의 위치를 확인하고 한껏 누리는 행동이었다. 그것을 탓할 수는 없었다. 문제는 그런 마틴 자작의 행태에 지나치게 저자세가 되어버린 일왕자와 유린 후작이 문제였다.

마치 자신들의 목숨이 마틴 자작에게라도 달렸다는 듯이 대하는 그들의 모습에 체스터 백작과 베를루스코니 백작은 씁쓸함을 베어 물 수밖에 없었다.

"허어~ 감히 제왕이라니. 어찌 그런⋯⋯."

그때 마틴 자작의 입에서 어처구니없다는 탄식이 터져 나왔다. 아마도 카이론 에라크루네스가 장벽의 제왕이라 불리고 있다는 대목 때문일 것이다. 그것은 보지 않고 듣지 않아도 알 일이었다.

제왕은 오로지 하나다. 바로 하인스 제국의 황제 폐하 말이다. 그런데 감히 일개 왕국에서, 그것도 남작 주제에 장벽의 제왕이라는 말을 사용하고 있다니⋯ 분노를 넘어서 어처구니없다는 듯한 표정이 된 것이라.

"무지한 평민 것들이 하는 말이 그렇지 않겠습니까? 하지만 지금 상황에서 민심이 이반되고, 군부 내에서도 동요가 일고 있습니다. 그것은 앙숙처럼 여기고 있는 나파즈 왕국군이 침략했음에도 불구하고 그들을 대적하지 않고, 밥그릇 싸움을 한다는 것 때문입니다. 대국적인 취지를 이해하지 못하는 것들이지요."

유린 후작의 말이었다. 체스터 백작은 입이 텁텁해져 옴을 느꼈다. 그가 평소 친 하인스 제국을 표방하였다. 오래전 유린 후작은 하인스 제국이 카테인 왕국을 형제의 나라라고 칭했을 때 참으로 거창한 말을 한 적이 있었다.

"우리는 고래로 하인스 제국을 섬겼다. 이제와 하인스 제국이 형제국이라 하여 동생의 나라라 칭하지만 우리가 언제 동생으로서의 역할을 한 적이 있던가? 아국은 애초에 하인스 제국의 신하국이었다. 신하의 왕국을 형제의 왕국으로 대해 준 하인스 제국 황제 폐하의 대국적인 취지를 잊지 말아야 할 것이다."

라는 말까지 서슴없이 할 정도의 친 하인스 제국의 인사였다. 그것은 일왕자 역시 다르지 않았다.

"하인스 제국은 아국보다 1백 배나 넓은 나라이다. 한데 어찌 아국이 하인스 제국과 어깨를 나란히 할 수 있단 말인가? 다만, 형제로 대하여 줌에 동생의 왕국으로 그 예를 다하여만 한다."

라고 할 정도였다. 그러한 둘이고 보면 고작 자작일 뿐인 마틴 자작에게 저렇게 저자세로 나오는 것이 이해가 되었다. 씁쓸할 뿐이었다. 단 한 번의 잘못된 선택이 불러온 참사였다. 하나 돌이킬 수는 없었다.

자신이 선택했으니… 그 선택을 올바른 방향으로 바꿔나가야만 했다. 사람의 관념이란 오랜 시간을 두고 생성되어 온 것. 그렇다면 오랜 시간을 두고 바로 잡으면 된다고 생각하고 있는 체스터 백작이었다.

"흐음. 제왕이라고 불리는 것이 마뜩찮고 황제 폐하께 누를 끼치는 것은 분명하나, 아우의 나라를 지키고자 홀로 분투하는 것은 확실히 높이 사줄 만합니다. 하니 이참에 그들을 도와 명분을 쌓는 것이 어떠할까 생각됩니다."

마음에 들어 하지 않으면서도 마틴 자작은 적당하게 뺐고, 적당하게 일왕자와 유린 후작의 심정을 어루만졌다.

"허어~ 역시 하인스 제국의 귀족다우신 안목입니다. 아국의 귀족 역시 그런 점을 배워야 할진데……."

"하하. 사람 마음이 어찌 마음대로 된답니까? 하지만 그래도 지속적으로 계몽하면 반드시 이루어지지 않겠습니까?"

"옳습니다. 참으로 옳으신 말씀입니다. 해서 이번에 그들과 화친을 맺기 위해 체스터 백작을 보낼 생각입니다."

유린 후작의 말에 체스터 백작은 화들짝 놀랐다. 자신과 카이론과의 관계를 너무도 잘 알고 있는 유린 후작이었다. 카이론뿐만 아니었다. 카이론에게 복속되어 버린 카플루스 자작역시 있지 않은가?

그런데 자신을 그들에게 보낸다? 순간 체스터 백작은 유린후작의 입가에 스쳐 지나가고 있는 서늘한 미소를 볼 수 있었다.

'팽(烹)인가?'

아니, 팽은 아니었다. 아직 자신을 버릴 시간이 아니었으니 말이다. 하지만 분명히 유린 후작은 지금 자신을 견제하고 있었다.

분명 이 일은 성사되기 어렵다. 왜냐하면 그는 아직도 귀족원에서 카이론이 자신을 향해 외쳤던 말을 너무나도 선명하게 기억하고 있으니 말이다.

그것은 유린 후작도 마찬가지였다. 당시 그 재판은 귀족 사회에서 상당한 이슈를 불러 일으켰던 재판이었으니까 말이다. 지금도 당시의 재판이 일방적이고 불공평한 처사였다고 말하는 이가 있을 정도였다.

"어떠한가? 체스터 백작. 그를 회유할 수 있겠는가?"

유린 후작이 물었다. 그에 일왕자도 지긋한 눈으로 체스터 백작을 바라보았다. 그 둘의 눈 속에 담긴 의지는 확고했다. 자신을 제거하고자 하는 그런 눈빛이었다. 그리고 그 눈빛은 바로 하인스 제국의 마틴 자작의 눈동자에도 담겨져 있었다.

그제야 깨달았다.

방금 전까지도 아닐 것이라 애써 외면했다 하지만 이들은 자신을 부담스러워 하고 있었다. 유린 후작은 자신이 휘둘리고 있다는 것을 알았다. 자신에게 모든 책임이 있지만 결국 자신을 조종하고 있는 이가 체스터 백작이라는 것을 깨달은 것이었다.

'누구냐?'

유린 후작은 스스로 그것을 깨달을 수 있는 사람이 아니었다. 분명 누군가 있었다. 그 누군가가 누구인지 곰곰이 생각해 보았지만 전혀 떠오르지 않았다.

'설마 스스로? 하면……'

스스로 생각했다면 지금까지 체스터 백작은 유린 후작을 잘못 평가하고 있었던 것이다.

그렇다면 유린 후작은 교활하고 음험한 자라 할 수 있었다. 길고긴 시간. 30년이 넘는 시간 동안 세상을 속여 온 것이니 말이다.

체스터 백작이 유린 후작의 눈동자 깊숙이 바라보았다. 그에 유린 후작은 아주 자연스럽게 그의 시선을 받아 넘기며 살짝 입꼬리를 말아 올렸다. 그것은 조롱이었다.

'그렇… 구나.'

인정하지 않을 수 없었다.

자신은 현명하다 생각했다. 사람 한두 명쯤은 가볍게 요리할 수 있다고 생각했다. 한데 아니었다. 자신은 멍청했다. 30년간 같이 했던 사람의 속내를 전혀 감지하지 못했다.

그는 크게 호흡을 들이쉬며 한 번 주변을 둘러보았다.

유린 후작, 일왕자, 마틴 자작, 베를루스코니 백작. 그들은 모두 유린 후작과 비슷한 미소를 떠올리고 있었다.

그랬다. 자신은 저들의 꼭두각시에 불과했던 것이었다.

'베를루스코니 백작. 당신마저…….'

절친은 아니었으나 믿을 만한 사람이었다. 무력으로서는 군부에서 그를 따를 사람이 없었다. 술수를 부릴 줄 모르고 끝없이 우직한 사람. 그런 사람이 베를루스코니 백작이었다. 그런데 그조차도 체스터 백작을 외면하고 있었다.

"언제… 부터였습니까?"

"음? 그게 무슨 말인가?"

유린 후작은 도무지 무슨 말인지 모르겠다는 듯이 반문했다. 하지만 그의 눈동자는 차갑게 빛나고 있었다.

"제가 아무리 멍청한 놈이라고는 하나 지금 전개되는 상황을 인지하지 못하지는 않습니다."

"…화를 내지 않는군."

체스터 백작의 말에 한참 동안 그를 바라보던 유린 후작이 중후한 목소리로 입을 열었다.

"냉정해야 이 상황을 벗어날 수 있으니 어쩔 수 없지 않겠습니까? 게다가 무력으로 치면 군부 최고라 일컬어진 베를루스코니 백작이 있음에야……."

그는 참담한 목소리로 답을 했다. 그의 얼굴은 하얗게 변해가고 있었고, 입에서 흘러나오는 목소리는 쩍쩍 갈라졌으며, 입술은 순간 허연 서리가 내린 것 같았다.

"훌륭하군. 본 작을 꼭두각시처럼 움직이려 하지만 않았다면, 제국을 단순히 힘만 강한 이용하기 쉬운 곳으로 치부하지 않았다면, 참으로 아까운 인물이었을 텐데 말이야."

"알고… 있었습니까?"

"모를 리 있을까? 그렇게 꽉꽉 드러내고 다니는데 말이야."

"제가 속았던 것입니까?"

"흐음. 속은 것은 아니지. 스스로의 현명함이 지나쳐 타인을 너무 얕게 봤다는 것이 문제이지. 체스터 백작은 그대가 생각하는 것을 다른 사람들은 생각하지 못한다고 생각하나?"

"그건……."

말할 수 없었다. 그렇게 생각했으니까 말이다. 자신만이 유일한 사람이라 생각했다. 그래서 타인을 믿지 않았다. 심지어는 자신의 가문의 기사단장이었다 이제는 전속 부관이 된 칼리시니코프 중령 역시 의심을 했다.

그에 가볍게 웃은 유린 후작이 가볍게 손짓을 했다. 그에 베를루스코니 백작이 자리에 일어나 집무실의 문을 열었다. 그러자 일단의 사람이 두툼한 무언가를 들고 집무실에 들어왔다. 어른 손바닥 길이만큼 두터운 두께를 자랑하는 서적이 무려 서른 권이었다.

"이게 뭔지 아나?"

"……?"

당연히 모른다. 알 리가 없지 않은가?

"지난 30년 동안 자네에 대한 일거수일투족을 기록해 놓은 거네."

그 말에 체스터 백작은 가볍게 입을 벌릴 수밖에 없었다. 지난 30년간의 자신의 행적이라는 말이다.

한 권에 1년. 총 30권.

"이런 말이 있지. 천재의 기억보다는 둔재의 기록이 천년을 가는 법이라고. 나는 자네보다 머리가 뛰어나지 않음을 인정하네. 하지만 내가 바보가 아닌 바에야 자네의 의도를 모를 수 없지. 그래서 난 머리로 자네를 뛰어넘을 수 없다면 노력으로 뛰어넘기로 작정했지. 그리고 그 결과물이 저것이고 말이다."

유린 후작의 말에 체스터 백작은 전신에 소름이 끼치는 것을 느꼈다. 그는 자신의 일거수일투족을 모두 분석하고 있었던 것이다. 그 혼자서 분석한 것이 아니라 여기 있는 모두와 함께 말이다.

물론 처음부터는 아니었을 것이다. 하지만 분명한 것은 자신은 언제부턴가 이들로부터 따돌림을 당하고 있었고, 분석되어지고 있었다는 것이었다.

"여기까지가 자네의 역할이네."

"한데 왜 저를 보내시려 하십니까?"

"아직 살아 있지 않은가? 악연이든 선연이든 그와 연결고리를 가지고 있는 자는 자네뿐이거든? 실패하면 내 손을 빌리지 않아도 죽을 것이고, 성공하면 나름 괜찮은 성과이고 말이네."

"하면 이 내전은……."

체스터 백작의 물음에 느긋하게 웃고 있던 마틴 자작이 입을 열었다.

"추가로 10만의 병력이 파견될 것이오. 이미 제국의 성도를 출발했을 것이오."

"허어~"

이들은… 카테인 왕국을 통째로 속국으로 만들 계획인 것이었다. 진즉 알고 경계했으나, 이미 자신의 모든 것이 드러난 지금 그가 할 수 있는 것은 아무것도 없었다. 이들의 요구에 따라 줄 수밖에.

"제가 배신한다는 생각은 안 해보셨습니까?"

"배신? 아하하. 그것도 생각해 봤지. 하지만 말이야 가문의 대를 잇기 위해 사위와 딸을 죽여가면서 외손자를 아들로 영입한 백작의 변명치고는 조금 어설프다고 생각하지 않나?"

그 말은 가문을 볼모로 잡겠다는 말이었다.

"어떤가? 멸문당하고 싶은가? 원한다면 지금 당장 그렇게 해줄 수 있네."

"……."

참담했다. 체스터 백작은 아무런 답을 할 수도 없었다. 자승자박(自繩自縛)이었다. 제 꾀에 제가 넘어간 것이었다.

"하… 겠습니다."

"그렇지. 본 작은 그 말을 기대하고 있었네."

당연하다는 듯이, 그리고 자신의 계책이 멋지게 들어맞았음을 확인하는 것이 즐겁다는 듯이 목을 젖혀가며 웃는 유린 후작이 한 말이었다.

"준비는 이미 모두 갖춰졌을 것이네. 바로 출발했으면 하는군."

"…알겠습니다."

기어코 굴복할 수밖에 없었다. 자신은 가진 것이 아무것도 없었다. 친구라 생각했던 이도, 같은 방향을 보고 있다고 생각했던 동지조차 자신을 버렸다.

할 수 있는 것이 없었다.

일순간 전신을 감싸고 도는 무기력함이란 이루 형언할 수 없을 정도였다. 그는 현기증이 나는 몸을 이끌고 힘들게 자신의 집무실로 돌아왔다. 그가 자신의 집무실에 도착했을 때 왠지 모를 싸늘한 기운이 느껴졌다.

그가 빠른 걸음으로 비틀거리며 집무실로 향했다. 그리고 왜 싸늘한 기운이 느껴졌는지 알 수 있었다. 열 명의 기사가 칼리시니코프 중령을 에워싸고 대치하고 있었다. 칼리시니코프 중령이 두 걸음을 떼면 두 걸음만큼 움직였다.

부딪히지도 않고 그저 에워싸고 있을 뿐이었다.

"멈춰라!"

그에 체스터 백작은 힘없는 목소리로 외쳤다. 그에 칼리시니코프 중령을 둘러싸고 있던 기사 한 명이 흘깃 그를 바라보더니 동료들에게 턱짓을 했고, 다들 검을 회수했다. 그리고 말없이 체스터 백작을 스쳐 지나갔다.

체스터 백작과 칼리시니코프 중령의 시선이 부딪혔다. 둘의 시선 속의 수백 수천의 단어가 담겨져 있음은 물론이었다.

"버림받았네."

"그… 렇습니까?"

이미 기사들이 자신을 포위할 때부터 무언가 심상찮은 분위기를 느꼈던 칼리시니코프 중령이었다. 그저 언제나 그렇듯이 단답형으로 체스터 백작의 말을 받을 뿐이었다.

"자네 말을 들었어야 했어."

"무슨…….."

"카이론 에라크루네스 중령을 버리는 것이 아니었어. 그가 재판장을 나서며 나에게 했던 말이 귀에 쟁쟁하군."

그러면서 컵에 짙은 갈색의 술을 따르는 체스터 백작이었다.

"한잔하겠나?"

"근무 중입니다."

칼리시니코프 중령의 말에 피식 웃어 보이는 체스터 백작이었다. 늘 저랬다. 하지만 그러하기에 자신의 곁에 남아 있었고 자신이 그를 믿는 것일 게다.

"난 사실 자네를 전부 믿지 않았네."

"상관없습니다."

그래. 그랬다. 그래서 자신은 칼리시니코프 중령을 곁에 두었다. 저 무식할 정도의 우직함 때문에 말이다.

"나는 세상 사람들의 머리 꼭대기에 올라 있다고 생각했어. 그런데 말이네. 그런데 내가 그렇게 발아래로 봤던 사람들에게 보기 좋게 당했네. 전략적으로 절대 나를 배신할 수 없는 사람에게 말이야."

"한 길 사람 속은 알아도 열 길 사람 속은 모른다고 했습니다."

"한 길? 그게 무슨 말인가?"

"길이란 성인 남성의 키라고 합니다."

"그래. 그렇단 말이지. 정말 그 말이 딱 들어맞는군. 한데 자네의 입에서 그런 현묘한 말이 나오다니, 오래 살고 볼 일이로군."

"에라크루네스 중령이 했던 말입니다."

"또 그인가?"

그는 술을 마시며 또다시 그의 이름이 튀어나오자 안색을 찌푸렸다. 하지만 그래봐야 달라질 것은 없다는 것을 너무나도 잘 알았다. 그저 어린아이 투정 정도일 뿐이었다.

"채비를 하게."

"어디로 가십니까?"

"남부의 죽음의 장벽에 그를 만나러 가네."

"그라면……."

"카이론 에라크루네스."

"알겠습니다."

가볍게 예를 올린 칼리시니코프 중령이 집무실을 벗어났다. 그런 중령의 모습을 빤히 바라보던 체스터 백작은 나직하고 긴 한숨을 토해내며 고개를 저었다. 그리고 남은 술을 한 번에 들이켠 후 쓴 신음을 내뱉었다.

"크흐으으~"

목이 불에 지진 듯 화끈하게 달아올랐다. 인상은 있는 대로 찌푸린 그는 거하게 트림까지 해댔다.

"끄어억. 제기랄! 그의 말을 들었어야 했어. 가장 가까이 있는 사람이 가장 믿을 만한 사람이거늘. 난 진정 멍청하기 그지없었군."

그러다 의자에 상체를 묻고 다리를 쭈욱 폈다. 누가 보아도 자포자기한 모습. 고개를 들어 집무실의 천장을 바라보았다.

언제나 보았던 천장이지만 지금 이 순간 보는 집무실의 천장은 꽤나 새로웠다.

"그래! 가자. 가야 할 것이다. 아니 가야만 한다."

그곳에 죽음이 기다린다고 할지라도 가야만 했다. 그는 자리를 박차고 일어나 침착하게 집무실의 문을 열었다. 그러다 흠칫 굳어졌다. 그의 집무실 앞에 한 사람이 서 있었다. 바로 슈나이더 베를루스코니 백작.

"비참한 내 모습을 보기 왔나?"

"글쎄에… 그럴 수도."

베를루스코니 백작은 말을 흐렸다. 그런 모습에 체스터 백작은 눈 밑을 잘게 떨었다. 자존심이 상했다. 하지만 자존심이 해결해 줄 수 있는 것은 한계가 있었다. 그는 베를루스코니 백작의 옆을 스치듯 지나갔다.

"돌아오지 않는 게 좋을 게야."

우뚝!

걸음을 멈췄다.

"무슨 말인가?"

"유린 후작은 자네를 제거하기로 작정했네."

파르르르르.

"자네⋯⋯."

체스터 백작은 전신을 떨었다. 자신의 미래는 이미 정해져 있던 것이었다. 돌아오면 죽는다. 만약 베를루스코니 백작이 말해주지 않았더라면 자신은 돌아왔을 것이고, 죽었을 것이다.

"그는 나에게도 손을 썼더군."

"무슨……."

"마나 스캐터!"

"그……."

"한 달에 한 번 해약을 복용해야만 하네. 그래야 마나를 사용할 수 있지. 나는 차라리 자네가 부럽군."

"미안… 하네."

체스터 백작은 고개를 푹 수그렸다. 그는 그렇게 베를루스코니 백작을 남겨두고 자리를 벗어났다. 덩그러니 남은 베를루스코니 백작. 그는 하늘을 향고 고개를 치켜들었다.

"어쩌자고… 어쩌자고……."

그의 눈가로 맑은 눈물 한 방울이 흘러내리고 있었다.

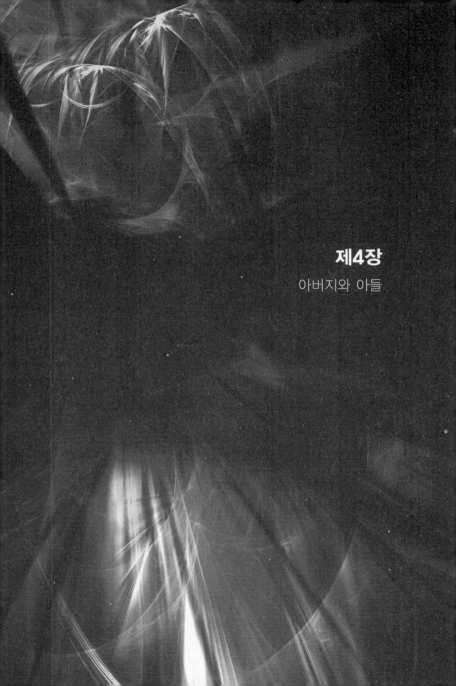

제4장

아버지와 아들

Warrior

"누구?"

[페테스브루넌 에라크루네스와 미하일로프 체스터 백작입니다.]

통신을 하던 카이론의 얼굴이 살짝 굳어졌다. 근래에 보기 드문 그의 얼굴 표정이었다.

"복귀하도록 하지."

[알겠습니다.]

복귀를 결정했다. 이제는 기습의 실효성이 많이 떨어진 상태였다.

적들도 머리가 있는지라 이제 기습을 대비한다. 그것도 아주 철저하게 말이다. 그들의 이렇게 능동적인 대처로 나온 것은 불과 한 달 전.

이렇게까지 철저하게 방비하기까지 그들은 8개월이라는 시간을 허비했다. 생각보다 더 오래 걸린 셈이었다. 그 이유는 아마도 인정하고 싶지 않은 현실이었기 때문일 것이다. 하잘것없는. 발톱의 때만큼도 느끼지 않았던 카테인 왕국의 병사들에게 자신들이 이렇게 밀리다니.

자존심이 상하고 인정하기 싫고. 때문에 이리도 오랜 시간에 걸쳐 방비를 한 것이다.

그러면서도 그 자존심을 회복하기 위해 그들은 절치부심하면서 병력을 한곳으로 모으기 시작했다. 그때부터 기습으로 적의 배후를 끊는 것이 아닌 병력이 모이는 것을 방해하는 것으로 목적이 바뀐 것이다.

그리고 지금에 와서는 그것조차도 쉽지 않은 상황.

아무리 일당백의 특전대라고는 하지만 수십만의 병력을 감당하기에는 절대 쉬운 일이 아니었다. 그런데 때를 같이 하여 귀족파와 군부 중도파에서 사신이 왔다는 통신을 받은 것이다.

둘 모두 자신과 뗄려야 뗄 수 없는 관계에 있었다. 그는 흩어진 병력을 하나로 모아 죽음의 장벽으로 돌아왔다. 죽음의 장벽에 도착한 카이론은 8개월 전과는 완벽하게 달라진 분위기를 느낄 수 있었다.

　죽음의 장벽은 이제 완벽해졌다.

　다섯 개의 성에 나눠져 훈련에 훈련을 계속한 결과라 할 수 있었다. 다섯 개의 성에 운집한 병력의 수는 무려 15만이었다. 남부의 총력이 집결한 것이다.

　각 성에 3만의 병력을 주둔시키고 전시 체제를 갖추고 있었다.

　"오셨습니까? 고생하셨습니다."

　그의 복귀 소식에 라마나가 스키피오가 그를 맞이했다. 그리고 서둘러 그를 집무실로 안내했다. 그동안 간간히 그에게 이곳에서 발생하는 모든 일을 보고하기는 했지만 직접 보고하는 것과는 어느 정도 차이가 있었기 때문이었다.

　그리고 이번 사신 중 북부 귀족파를 대표해서 방문한 페테스브루넌 에라크루네스라는 귀족이 문제였다. 이미 백작의 작위를 아들에게 물려줘서 그를 어떻게 불러야 할지 모르지만 어쨌든 그와 카이론의 관계를 모르지는 않았으니까 말이다.

　그들은 카이론과 집무실에 들어 여러 가지 현안을 보고하고 결재를 받았다. 그리고 마지막으로 남은 한 가지를 보고하기에 이르렀다.

"북부 귀족파에서는 페세트브루넌 에라크루네스를 보내왔고, 군부 중도파에서는 마하일로프 체스터 백작을 보내왔습니다."

"용건은?"

"아마도 재상 측에서 그들에게 휴전을 제안한 것 때문에 그런 것 같습니다."

고개를 끄덕이는 카이론. 보고받았던 적이 있었다. 재상 측에서 그 두 세력에 휴전을 제안했다는 것을 말이다. 그리고 그 이유가 자신에게 온전한 힘을 투사하기 위해서라는 것도 파악했고.

"목적은?"

"주군께서는 이미 장벽의 제왕이라 불리고 있습니다. 또한, 그들에게도 눈과 귀가 있음에 건국 인장이 주군께 있는 것을 파악했을 것입니다."

"명분이로군."

"그렇습니다."

카이론은 정확하게 맥을 짚었다.

"그렇다면……."

"연합을 제시할 것입니다."

"연합을 해야 하나?"

"주군의 결심에 따를 것입니다."

그 말은 연합을 하지 않아도 된다는 말이었다. 조금 힘들기는 하겠으나 결코 문제되지는 않다는 것을 의미했다. 실제로 그러했다. 북부의 귀족파나 군부의 중도파 모두 남부을 적으로 돌릴 수는 없었다.

나파즈 왕국을 홀로 막는 남부를 적으로 돌린다고? 그건 곧 카테인 왕국을 배신하는 걸 의미했기 때문이다. 게다가 개국 인장이 카이론에게 있다는 사실은 웬만한 귀족이라면 모두 아는 사실이었다. 그렇게 되도록 일부러 정보를 흘린 것이다.

태생적으로 카이론과 연합할 수 없는 재상의 상황 역시 복잡했다.

카테인 왕국 재상의 탈을 쓰고 있는 한, 나파즈 왕국의 삼 왕자는 귀족들과 기사뿐 아니라 발톱의 때만큼도 여기지 않았던 평민들의 눈치까지 볼 수밖에 없었다.

"나는……."

카이론이 입을 열었다. 라마나와 스키피오가 긴장한 채 그를 바라봤다.

"그들과 연합하지 않는다. 그들이 스스로 잘못을 깨닫고 숙이지 않는 한은……."

"뜻대로 될 것입니다."

그의 말에 라마나와 스키피오는 당연하다는 듯이 고개를 숙였다. 만약 연합을 한다 해도 그들은 카이론의 말을 따랐을 것이다. 세상에는 독불 장군이라 없으니 말이다. 하지만 그들이 원하는 답은 아니었다.

그리고 카이론은 그들이 원하는 답을 알고 있었다. 15만이라는 병력은 결코 작은 병력이 아니었다. 여기 모인 15만의 병력은 막다른 골목에 다다른 자들이었다. 더 이상 물러설 곳이 없는 이들이었으니 그 전투력은 실로 상상할 수 없을 정도라 할 수 있었다.

거기에는 상당히 복합적인 요소가 작용했다. 귀족이지만 중앙에서 소외된 귀족들. 같은 카테인 왕국 사람이면서도 은근히 차별을 받은 사람들. 그런 여러 가지 울분이 그들을 하나로 뭉치게 만들었다.

"사신을 만나지."

"준비하겠습니다."

*　　　*　　　*

카이론은 지금 한 명의 귀족을 만나고 있었다. 얼핏 보면 둘의 모습은 상당히 닮았다고 생각될 정도였다. 그 둘은 접견실에 서로를 마주하고 앉아 있음에도 불구하고 한참 동안이나 대화가 없었다.

"…오랜만이로구나."

그에 한참 만에 노쇠한 목소리가 페테스브루넌 에라크루네스의 입에서 흘러나왔다. 그에 카이론 역시 조용하게 입을 열었다.

"인장을 가진 자로서, 나파즈 왕국의 침략군을 막아내고 있는 진압 사령관으로서 만나고 있습니다."

카이론의 말에 페테스브루넌 에라크루네스의 처진 눈꺼풀이 살짝 떨려왔다.

"미안하오. 내가 착각했소."

페테스브루넌의 입에서 미안하다는 말이 나왔다. 그런 그의 사과에 살짝 이마를 찌푸리는 카이론이었다. 하지만 그의 표정은 드러날 때보다 더 빠르게 사라졌다.

카이론이 이마를 찌푸린 이유는 페테스브루넌의 태도 변화 때문이 아니었다. 지금 이런 상황을 만든 북부 귀족파에 대한 불신과 함께 까닭 모를 반발심이 일었다.

"귀족파에서 저에게 사신을 보내올 줄은 몰랐습니다."

카이론의 입에서 나온 말은 결코 호의적이지 않았다. 그것을 느낀 페테스브루넌. 그는 애증 어린 눈동자라 카이론을 침울하게 바라볼 뿐이었다.

"하실 말이 없으면 이만 면담을 마쳐야겠습니다."

"아, 아니오. 사신으로서 장벽의 제왕께 제안할 것이 있소."

"들어보겠습니다."

카이론의 허락을 득한 페테스브루넌은 품속에서 양피지를 하나 꺼내 들었고, 그 양피지를 펼쳐 내용을 읽어 내리기 시작했다.

"플레스 르위스 폰 카테이누스, 본 왕은 진압 사령관 카이론 에라크루네스 남작에게 제의하는 바이니……"

양피지 내용을 읽어 내려가면서 페테스브루넌의 목소리는 점점 잦아들고 있었다. 이것은 연합을 제의하는 그런 것이 아니었다. 오만하고 당돌할 정도의 서신이라 할 수 있었다. 스스로를 왕이라 칭할 정도로 말이다.

원래였다면 스스로를 왕이라 칭하면 안 되었다. 귀족파의 수장인 플렉스 르위스 공작은 기본적으로 삼왕자를 지지하고 있었으니까. 하지만 이 양피지에는 '본 왕'이라 칭했고, 자신은 왕이니 왕의 명령을 따라야 한다고 했다.

그리고 개국 인장을 자신에게 바치고 머리를 조아리면 너그러운 마음으로 받아들이고 백작의 작위를 줄 것임을 천명하고 있었다. 내용을 읽어 내려가며 페테스브루넌은 점점 소리가 작아지고 손이 덜덜 떨렸다.

자신이 본 이곳. 즉, 죽음의 장벽은 이미 하나의 왕국이었다. 잘 단련된 병사들과 기강이 제대로 선 기사들과 귀족들까지… 전체가 하나가 되어 움직이고 있었다. 자신은 평생 동안 이런 강력한 정예 병력을 본 적이 없었다.

심지어는 강군 중의 강군이라 일컬어지는 북부 귀족군의 최정예조차도 이들과 비교하면 모자람이 있을 듯 보였다. 그러한 이들의 최고 수장을 마치 저급한 귀족들 다루듯 하니 이 얼마나 말도 안 되는 서신이라는 말인가?

마치 명령을 하는 것 같지 않은가? 너쯤은 언제든 상대할 수 있으니 내 발치에 무릎 꿇고 자비를 바라라는 말과 다르지 않는 말이었다. 당황할 수밖에 없었다.

"그것이 귀족파의 제안입니까?"

"그렇… 소."

그에 카이론이 서늘한 미소를 떠올렸다. 그 미소를 본 페테스브루넌은 아찔함을 느낄 수밖에 없었다.

'나라 할지라도…….'

자신이라 할지라도 이런 제안이라면 거절할 것이었다.

"거절하겠습니다."

'역시.'

페테스브루넌은 눈을 감아버렸다. 예상된 말이었기 때문이었다.

"하실 말씀이 끝났다면 이만…….'

"아니… 잠시, 잠시만 시간을 내어줄 수 있겠소?"

일어나려던 카이론은 페테스브루넌을 바라보았다. 그러다 다시 의자에 몸을 깊숙이 묻으며 입을 열었다.

"하실 말씀이라도……."

"개인적인, 개인적인 말이오."

"듣겠습니다."

여전히 무표정하고 무감정한 목소리가 카이론의 입에서 흘러나왔다. 자신과는 전혀 관계가 없다는 듯이 말이다. 그런 카이론의 냉정함에 마른침을 삼키고야 마는 페세트브루넌.

"아버지와 아들로서……."

"낳으셨다고 해서 모두 아버지일 순 없지요. 제가 지금 이렇게 예를 차린 것 역시 낳아준 은혜를 알기에 예를 차린 것입니다."

"하나 그렇다 해도 핏줄을 부정할 순 없는 법이다."

"부정하지 않습니다. 핏줄을 부정했다면 에라크루네스라는 성을 버렸을 겁니다."

"그건……."

그랬다. 부정했다면 에라크루네스라는 성을 버리고 작위를 받을 때 새로운 성을 받았을 것이다. 하나 카이론은 그러지 않았다.

"그리고……."

카이론이 다시 입을 열었다.

"아버지는 여기 오지 말았어야 합니다. 오더라도 수아레스가 왔어야만 했습니다."

"수아레스는 가문의 수장이다."

"가문의 수장이라… 그러하기에 더욱 이곳으로 왔어야만 합니다."

"……."

차마 답을 할 수 없었다. 카이론의 말은 가문을 부흥시키기 위해서는 사지가 될지 모르는 이곳에 가문의 수장이 왔어야만 했다는 것이다. 그것이 선연이든 악연이든 스스로 위험에 뛰어 들어 책임감을 가졌어야만 한다는 말이었다.

가문의 가신들은 그것을 반대하겠지만 그래야만 가문은 더욱더 탄탄해질 수 있었다. 진정 가문을 위한다면 말이다. 하지만 수아레스는 그러지 않았다. 자신의 아버지를 보냈다. 이미 모든 이들에게 와병 중이라는 것을 알려졌음에도 불구하고 말이다.

이것은 참으로 난해한 문제였다.

전대 가주로서 당대의 가주를 위해 목숨을 초개같이 버린 페테스브루넌 에라크루네스의 결단은 분명 칭찬받아야 마땅하겠으나 수아레스 에라크루네스는 비난받을 일이었다.

그는 귀족파의 검이라 불리는 브라이언 힐데만 백작의 외손자이자 명망 있는 북부의 대영주이자 한 가문의 가주로서 병약하고 현직에서 물러난 아버지를 적지나 다름없는 곳으로 사신으로 보낸다는 것 자체가 그 명성에 흠집을 내는 행동이었기 때문이었다.

물론, 이것은 에라크루네스 백작 가문을 경계하는 귀족들이 보았을 때의 관점이었다. 동전이란 언제나 앞면과 뒷면이 있는 것이어서, 에라크루네스 가문과 우호적인 입장인 가문들에게 이것은 하나의 결단이었다. 가문을 위해서, 그리고 지지부진한 전선을 돌파하기 위한 페테스브루넌 에라크루네스 전 가주의 숭고한 결단이었다.

"가문의 가주가 전대 가주의 힘과 명성을 빌어 가문을 유지하려 한다는 비난을 피할 수 없을 것입니다."

"그들은 결국 에라크루네스 가문을 인정하게 될 것이다."

"글쎄요… 에라크루네스 가문이 어떻게 될지는 모를 일입니다. 일을 꾸미는 것은 사람이나 그것이 이루어지는 것은 하늘에 달려 있다는 말이 있습니다. 누가 알았겠습니까? 가문의 장자가 차자가 되고, 죽었어야 할 차자가 이 자리에 앉아 있을 줄을 말입니다."

카이론의 말에 페테스브루넌 에라크루네스 전 가주의 얼굴은 10년은 더 늙어보였다. 그의 말은 틀린 곳이 없었기 때문이었다. 하나 물러 설 수는 없었다.

"너의… 가문이다."

"하아! 하하하! 어디가 말입니까?"

"에라크루네스 백작 가문은 너의 가문이고, 너의 어머니가 묻힌 곳이다."

"나의 어머니라… 하나 물어도 되겠습니까?"

"무엇이든지."

"어머니의 묘가 어딘지 아십니까?"

"그……"

말할 수 없었다. 몰랐으니까.

원래는 그녀가 정실이 되었어야 했다. 하나 힐데만 백작 가문의 장녀와 결혼함에 있어 그녀는 후실로 밀려나야만 했다.

정실을 밀어낸 후실. 형이 되었어야 할, 가문의 제1 후계자가 되었어야 할 카이론이 차자가 되고 생명의 위협을 느껴야만 했던 이유였다.

수아레스의 어머니인 캐서린은 카이론의 어머니의 무덤을 팠다. 그리고 그 시체를 갈기갈기 찢어 짐승에게 던졌다. 어린 카이론은 똑똑히 보았다. 그리고 짐승들이 먹고 남긴 시체의 살점과 뼈를 모아 자신만이 아는 무덤을 만들었다.

"물론 아시고 계시겠지만, 캐서린 에라크루네스가 나에게 먹인 독약이 어떤 것인지 아십니까? 그리고 그로 인해서 죽을 뻔했던 적이 몇 번인지 아십니까? 수아레스가 나를 죽이려 꾸민 공작이 몇 번인지 아십니까?"

"그럴 리가……."

"없다고 생각하십니까? 하면 제 어머니의 무덤이 왜 없어졌는지 아십니까?"

"그야… 영지에 몬스터가 침입해 와……."

"그것을 진정 믿으셨습니까?"

"……."

페테스브루넌 에라크루네스 전 가주의 얼굴이 떨려오기 시작했다. 그리고 보기에 안쓰러울 정도로 힘들어 하고 있었다. 하나 카이론은 냉정하게 그를 바라봤다.

"연기는 그만하셔도 됩니다. 아버지는 이미 병을 빙자하시지 않아도 될 정도로 회복하셨습니다. 수아레스의 어머니인 캐서린이 음식에 독을 탄 그 순간부터 아버지는 아셨을 터이니까요."

그 말을 하면서 카이론이 의자에 깊숙하게 묻었던 상체를 앞으로 내밀었다. 그의 얼굴은 여전히 무표정했다. 하지만 그런 카이론의 얼굴을 바라보는 페테스브루넌 에라크루네스 전 가주의 얼굴은 결코 편안하지 못했다.

"언제부터 알고 있었느냐."

"여기 들어서는 순간입니다."

"……."

카이론의 말에 페테스브루넌 전 가주의 눈이 잘게 떨렸다. 그 누구도 자신의 내부 상태에 대해서 아는 이들은 없었다. 심지어는 귀족파의 검이라 불리는 힐데만 백작마저도 말이다.

"어떻게 알았지?"

그에 페테스브루넌 전 가주의 얼굴이 싸늘해졌다. 마치 이 자리에서 자신의 비밀을 위해서 자식을 죽일 수 있음을 암시라도 하듯이 말이다. 그런 페테스브루넌 전 가주의 변화를 눈치챈 카이론의 입에서 싸늘한 조소가 떠올랐다.

"어머니를 그랬던 것처럼 저 역시 입막음하시렵니까?"

"네 어머니는 실수였다."

"실수? 실수라… 제가 보기에는 아버지의 야망으로 부인을 희생시킨 것 같습니다만."

"가문을 위해서라면 더한 일도 할 수 있지."

"그래서 가문이 일어섰습니까?"

"네가 왕이 되었으니 가문이 일어섰다 할 수 있겠군."

"이 순간 에라크루네스라는 성을 버리고 싶군요."

"크홋. 버리고 싶다고 해서 버려지는 것이 아님을 모르는가?"

"나는 왕이니 가능합니다."

"네놈이 정녕……."

싸늘한 살기가 카이론을 향해 집중되었다. 하지만 카이론은 마치 아무렇지도 않다는 듯이 그런 아버지의 살기를 받아 넘겨 버렸다.

"북부 귀족파의 무력이라는 힐데만 백작마저 속일 정도의 실력이라면 최하 최상급이겠지요. 하나 아버지는 아직 아들을 제대로 파악하지 못했습니다. 야망을 위해서였다면 더욱 잘 파악하고 있었어야지요."

"가, 감히……."

"예전의 저라고 생각하십니까? 나약하고 둔하며 겁 많은, 그런 소심한 카이론 에라크루네스라 생각하셨습니까? 그래서 찾아오셨습니까?"

"…그래. 그랬다. 그런 카이론 너라면 충분히 나를 두려워할 것이라 생각했다. 난 너를 엄격하게 가르쳤으니 말이다."

"체벌로 말입니다."

"그것이 어쨌다는 것이냐? 능력이 없으면 도태되는 것이 맞지 않느냐?"

"하면 아버지는 도태되겠군요."

둘의 날 선 대화가 계속되고 있었다. 누가 듣는다면 마치 필생의 적처럼 느껴질 정도였다.

"감히!"

페테스브루넌 전 가주가 노호성을 터뜨렸다. 그러나 그는 몸을 일으켜 세울 수 없었다. 자신을 옭아매는 끈적하고 무거운 기운 덕분에 꼼짝도 할 수 없었기 때문이었다. 그 상태는 한동안 지속되었다.

"끄으응!"

결국 페테스브루넌 전 가주는 앓는 소리를 할 수밖에 없었다. 그 누구도 자신을 어찌할 수 없을 것이라 생각했다. 하지만 아니었다. 자신의 자식은 이미 자신을 완벽하게 넘어서고 있었다. 여러 가지의 상념이 그의 마음을 어지럽혔다.

애초에 가능성 없다고 버렸던 자식이었다. 그의 어미조차 버렸다. 다시는 고개를 들 수 없을 정도로 철저하게 배제했다. 자신의 자식이나 능력이 없다면 자식 될 자격이 없었으니까. 그래서 수아레스를 선택했다.

알고도 묵인했고 차라리 죽었으면 하는 마음까지 들어 은근히 그 모자에게 도움까지 줬었다. 그런데 전혀 기대치 않고 완벽하게 버렸다고 생각했던 놈이 돌아와 자신을 뛰어넘고 있었다. 있을 수 없는 일이 일어난 것이었다.

"아마도 이번이 아버지의 대우를 해주는 마지막이 될 것입니다. 아버지의 야망은 수아레스를 통해 이루시길 바랍니다. 최상급이면 다시 일선에 복귀하셔도 될 것입니다. 저에게 했던 것처럼 수아레스를 움직이시면 될 것입니다. 힐데만 백작도 그것을 원할 겁니다."

"네놈이 감히!"

자신의 모든 것이 드러나고 있었다. 모를 것이라 생각했다.

하지만 카이론은 지금 자신의 아버지와 대화함으로써 결코 우연히 일어난 일이 아니라는 것을 알게 되었다.

자신을 버렸던 것도, 어머니께서 돌아가셨던 것도, 스스로 독에 중독되어 백작의 자리를 양도한 것도.

그 모든 것이 가문을 일으켜 세우기 위한 아버지의 의도적인 계략이라는 것을 말이다. 참으로 소름이 끼치는 일이다. 장장 15년이 넘는 시간 동안 주변의 모두를 속이고 있었던 것이다.

"아직 제 말 끝나지 않았습니다."

"으득!"

카이론의 기세가 일어서려는 그를 내리눌렀다. 하나 지금의 상황을 도저히 참을 수 없었던 페테스브루넌 전 가주는 이를 악물며 카이론의 기세에 반하려 했다. 하나 카이론의 기세는 반항한다고 해서 풀려 나올 정도로 나약하지 않았다.

페테스브루넌 전 가주의 입술을 비집고 핏물이 흘러내렸다. 하지만 카이론은 여전히 무표정했다. 눈동자에는 어떠한 감정도 없었다. 그 눈동자를 바라보던 페테스브루넌 전 가주는 순간 자신이 잘못 계산했음을 솔직하게 인정하지 않을 수 없었다.

"끄으응!"

"살려 보내드리겠습니다. 하나 다시 볼 때는 아버지와 아들이 아닌, 지키려는 자와 빼앗으려는 자가 될 것입니다. 그리고 하나의 정보를 드리지요. 그 정보를 잘 활용하시기 바랍니다."

"......?"

그에 페테스브루넌 전 가주의 눈동자는 의문의 빛이 떠올랐다. 자신을 무너뜨리려 한다면서 정보를 주겠다니, 이게 대체 무슨 상황이란 말인가? 그러나 이내 그의 얼굴을 딱딱하게 굳어졌다.

산이 높으면 골이 깊은 법이다. 카이론은 자신의 가문을 최고로 올려놓으려 하고 있었다. 북부 귀족파의 실질적인 무력, 혹은 실질적인 권력으로 말이다. 그리고 무너뜨릴 것이다. 주춧돌 하나 남김없이 말이다.

"현재 카테인 왕국의 재상의 풀 네임은 앤드루 로스차일드 마샬 폰 나파시안입니다."

"......!"

카이론의 말에 눈을 부릅뜨고야 마는 페테스브루넌 전 가주.

"생각하시는 것이 맞을 겁니다. 그는 나파즈 왕국의 죽었다던 삼왕자입니다. 그리고 그가 휴전을 제안한 것은 이 죽음의 장벽을 걷어내기 위해서이고 말입니다. 잘 생각하셔야 할 것입니다. 나라를 팔아먹든지 아니면 최고의 자리에 오를 것인지 말입니다."

그 말을 남기고 카이론은 자리를 벗어났다. 페테스브루넌 전 가주는 알 수 있었다. 이것이 부모 자식으로서 마지막 만남이라는 것을 말이다. 그는 탁자에 올린 두 손을 꽉 움켜쥐었다. 피가 나도록.

부들부들.

그의 주먹은 핏기가 사라지며 새하얗게 변해 있었다. 그가 얼마나 분노했는지 단적으로 알려주는 대목이라 할 수 있었다.

"크으윽! 네놈이. 감히 천하디천한 네놈이……."

카이론의 어머니.

엄밀하게 말을 하면 그녀는 시녀였을 뿐이었다. 그녀는 자신의 야망을 달성하기 위해 반드시 사라져야만 했을 걸림돌이었다. 그러하기에 정략결혼을 한 후 그녀의 죽음을 방치했고, 카이론을 철저하게 버렸던 것이다.

그런데 그런 자신의 야망을 위해 버렸던, 그리고 완벽하다 생각했던 계략이 무너지고 있었다. 하나 그래도 자식이라는 것인지 자신에게 아주 중요한 정보를 알려줬다. 하지만 자존

심 상했다. 천한 년의 소출에게 정보를 얻었다는 것에 말이
다.

"네놈. 후회할 것이다. 아니, 후회하게 만들어주마. 반드
시!"

이미 돌이킬 수 없었다. 그는 자리를 박차고 일어나, 거칠
게 접견실의 문을 열고 사라졌다. 그는 그 길로 당장 자신의
임무를 마치고 북부 귀족파의 사령부가 있는 곳으로 향했다.
그가 떠난 자리는 다시 다른 인물로 채워졌다.

바로 북부 군부 세력의 중심이라 일컬어졌던 미하일로프
체스터 백작이었다. 초조한 표정의 그가 접견실에 안내되어
편한 의자에 앉았다. 그의 뒤로 칼리시니코프 중령이 시립했
다.

저벅! 저벅! 저벅!

열려진 접견실의 출입구를 통해 무거운 발걸음 소리가 들
려왔다. 체스터 백작은 크게 숨을 들이쉰 후 자리에서 일어났
다. 과거였다면 절대 있을 수 없는 일이었다. 어디 감히 남작
나부랭이를 맞아들이기 위해 고귀한 대영주인 백작이 자리에
서 일어설까?

하지만 이제는 전세가 역전되었다. 그는 대외적으로 알려
진 것은 남작이고 진압 사령관이었지만 개국 인장을 가지고
있는 것이 맞다면 그는 카테인 왕국의 국왕이었다. 현 국왕이

있지만 그것은 그저 허울뿐.

실질적으로 이 카테인 왕국의 모든 공식적인 사항을 결정할 수 있는 이는 바로 그였기 때문이었다.

"오오~ 오랜만에 보는구려."

체스터 백작은 짐짓 밝은 표정으로 카이론에게 다가가 반가움을 표시하려 했다. 하나 카이론의 표정은 그야말로 냉랭했으며, 그런 체스터 백작을 스치듯 지나가 버렸다. 그리고 체스터 백작의 맞은편에 착석했다.

"오랜만이로군요."

냉막한 목소리. 체스터 백작은 본능적으로 그가 아직도 그때 재판장에 있었던 말을 잊지 않았음을 알 수 있었다.

"커흠. 그, 그렇구려."

"북부의 야심만만한 백작 각하께서 사신으로 오시다니, 대체 이런 경우가 어디 있습니까?"

카이론의 말에 체스터 백작은 얼굴이 일그러졌다. 카이론은 지금 체스터 백작을 비웃고 있는 것이었다. 하나 지금은 참아야만 했다.

"사신입니다. 예를 지켜주시기 바랍니다."

그때 칼리시니코프 중령이 입을 열었다. 그에 카이론의 시선이 그에게로 향했다.

"상급이로군. 많이 발전했어. 하나 내가 그에게 예를 갖출 이유가 없음을 중령이 더 잘 알 것 같은데. 아닌가?"

카이론의 말에 칼리시니코프 중령은 눈가를 푸들거리며 떨었다. 엄밀히 말하면 그의 말이 맞았다. 그때와 지금은 완벽하게 달라져 있었다. 카이론은 카테인 왕국의 가장 높은 자리에 있었다. 다만, 그 권리를 행사하고 있지 않을 뿐.

"예는 체스터 백작과 중령이 나에게 취해야 할 것 같은데 말이지."

"그것은……."

체스터 백작이 살짝 인상을 찌푸리면 무슨 말인가 하려 했다. 하나 카이론은 그에게 그런 기회를 주지 않았다.

"이미 알고 왔지 않나? 나에게 개국 인장이 있다는 것을 말이야. 거기에 하나 더하지. 이미 멸문당한 것으로 알려진 삼대 개국공신 가문이 나의 휘하에 있다는 것을 말이야."

체스터 백작의 눈동자가 커졌다. 정보 계통을 통하여 어떤 세력이 그에게 있다는 것은 알았다. 하지만 설마 삼대 개국공신 가문일 줄은 몰랐다. 그는 자신도 모르게 마른침을 삼켰다.

'놀라지 말아야 한다.'

그는 직감적으로 이미 대화의 주도권은 카이론에게 넘어갔음을 알 수 있었다. 모든 협상이란 기세 싸움이다. 누가 기세를 가져오느냐에 따라 협상이란 것이 있을 수 있었다. 한데 카이론의 단 한마디에 이미 기세가 상대에게 넘어갔음을 알 수 있었다.

그런데 여기서 자신이 놀란 표정을 지어보인다면 자신은 완벽하게 지고 들어가는 것이었다. 그럴 수는 없었다. 가문의 생존과 자신의 목숨이 걸린 일이었으니까 말이다. 그는 최대한 절제된 목소리로 입을 열었다.

하나, 그의 목소리는 착 가라앉아 갈라져 있었다.

"아직 공표되지 않은 일. 그 일은 왕국민의 인정은 물론, 귀족들의 인정까지 받아야 할 일. 당면한 문제에 집중하는 것이 옳을 듯하외다."

체스터 백작이 억지로 웃음을 지으며 카이론에게 자신의 의견을 제시했다.

"당면한 과제라. 당면한 과제라면 대체 무엇이 있을까?"

"그야 당연히 나파즈 왕국의 침략군이 아니겠소?"

"오~ 나파즈 왕국의 병력이 남부를 침략한 것을 알고 있었나?"

카이론이 좀처럼 보이지 않은 화들짝 놀라는 표정을 지어보였다. 그의 그런 행동과 표정에 체스터 백작은 애써 밝은 표정을 지어보였다.

"당연히 알고 있었소."

"한데 왜 이제 와서 그 일을 꺼내는 거지? 이미 쌀이 익어

밥이 다 되어가는 판국이거늘……."

"하나 저들은 아직 물러가지 않았소."

"물러가지 않았다? 그래서 밥상에 숟가락 올려보겠다는 심산인가?"

"아니, 그게 무슨……."

계속해서 딴지를 걸고 나서는 카이론. 그에 꾹 참아 내는 체스터 백작. 과연 그는 북부 군벌의 최고 참모장다웠다. 하나 그 인내 역시 점점 한계를 향해 치닫고 있음을 느낄 수 있었다.

"내 한 가지 정보를 주지."

"정보? 정보라… 들어 보겠소."

카이론이 정보를 주겠다는 말에 왠지 자신이 그의 화술에 끌려가는 것 같은 느낌을 받은 체스터 백작이었다. 하나 칼자루를 쥐고 있는 것은 자신이 아닌 카이론이었다. 그리고 자신은 어떻게 해서든지 이번 교섭을 성공적으로 이끌어야만 했고 말이다.

"재상의 풀 네임을 아나?"

"그야 앤드루 마샬 폰 크세나인 아니오?"

그럴 줄 알았다는 듯이 체스터 백작을 바라보는 카이론. 카이론의 그런 시선을 받는 체스터 백작은 본능적으로 뭔가 다른 느낌을 받을 수밖에 없었다. 그가 달리 북부 군벌의 참모장이 된 것은 아니니까 말이다.

"그의 풀 네임은 앤드루 로스차일드 마샬 폰 나파시안이
지."

"로스차일드… 나파시안!"

체스터 백작의 눈동자가 커지고 목소리가 커졌다. 단번에
알아차린 것이었다. 로스차일드와 나파시안이라는 성이 들
어가 있다는 것이 무엇을 의미하는지 말이다.

"그것이… 정말이오?"

"못 믿어도 상관이 없지. 하지만 그가 왜 북부의 군벌과 귀
족파에게 휴전을 요청했다고 보는가?"

"그야 당연히……."

라고 했으나 체스터 백작은 결국 그 뒷말을 잇지 못했다.
단순하게 생각하면 재상은 나파즈 왕국의 침략을 좌시하지
않겠다는, 재상으로서의 의지를 천명한 것으로 보였다.

하지만 그것은 그가 온전히 카테인 왕국의 사람이었을 때
였다.

그가 나파즈 왕국의 왕자라면 말이 달라진다. 그가 휴전을
취한 이유는 이 장벽을 걷어내기 위해서라는 것까지 생각이
미친 체스터 백작이었다. 고래로 카테인 왕국과 나파즈 왕국
은 앙숙과 같은 관계였고, 나파즈 왕국에 의해 카테인 왕국이
점령당한 적도 있었다.

결국 재상의 의도는 자신의 정체를 드러내고 나파즈 왕국의 병력과 힘을 합해 장벽을 걷어내기 위해서일 것이다. 그리고 자신들은 그 도구로 사용되고 버려져 손가락질 받을 것이다.

'너희 같은 얼빠진 놈들 때문에 카테인 왕국이 무너졌다'라고 말이다.

이것은 안 좋았다. 아주 안 좋았다.

체스터 백작은 알고 있다. 아무리 자신들의 발톱의 때만큼도 여기지 않는 평민들이라 할지라도 그들이 없으면 자신들도 존재할 수 없다는 것을 말이다.

자신들은 복속되기를 원하는 것이 아니라 다스리기를 원한다. 귀족만 있어서는 다스릴 수 없다. 다스림을 받을 이들이 필요하다는 것이다. 그런데 그런 이들의 대부분을 차지하는 평민들이 자신들에게 등을 돌린다면 아무런 의미가 없는 것이라 할 수 있었다.

"그걸 왜 이제야……?"

체스터 백작은 지금에서야 자신에게 그런 말을 해주는 카이론을 책망했다. 그런 중대한 이야기를 왜 이제야 알려주느냐는 듯이 말이다. 실로 적반하장과 같은 일이라 할 수 있었다. 하나 카이론은 그런 체스터 백작을 보며 싸늘한 미소를 떠올렸다.

"내가 지금 이전에 그 말을 했다면 믿었을까?"

맞는 말이었다. 믿지 않았을 것이다. 지금에야 장벽의 제왕이라느니 혹은 남부를 홀로 지키는 자라느니 하는 미사여구로 치장해 그를 부르고 있지만 과거에 그는 귀족 가문의 차자였고, 카테인 왕국의 무력의 한 축을 담당하는 귀족을 죽인 자였고, 알카트라즈의 죄수였으니까.

한데 그가 왜 지금에 와 그 중요한 정보를 알려주는 것일까?

아직 에라크루네스라는 성을 사용하는 것처럼 카이론의 마음속에 카테인 왕국이 자리하고 있어서일까? 체스터 백작이 생각하는 것은 조금 달랐다.

그는 이해할 수 없었다. 카이론의 입장에서 보자면 자신들은 반드시 무너뜨려야 할 세력이라 할 수 있었다. 그런데 그러한 이들에게 재상을 무너뜨릴 수 있는 카드를 보여준다?

이해할 수 없었다.

치명적인 카드는 자신만이 가지고 있어야만 한다. 한데 상대방에게 보여준다는 것은 무언가 원하는 것이 있기 때문일 것이다.

"무엇을 원하는가?"

"의심하지 않는군."

"의심?"

카이론의 말에 되묻는 체스터 백작. 그 순간 그는 자신이 이 나이 어리고 오만한 남작에게 놀아나고 있다는 것을 느꼈다. 참을 수 없는 분노가 치솟아 올랐다.

"거짓말인가?"

"진실이지."

"증명할 수 있나?"

어느새 체스터 백작은 원래의 모습으로 돌아와 있었다. 냉철하게 상황을 분석하는 체스터 백작으로 말이다. 이곳에서 카이론을 만났을 때 그는 절박했다. 가문이 자신으로 인해 위기에 처해 있었고 말이다.

그는 어떻게 해서든지 카이론을 설득해야만 했다. 그렇다면 고자세로 그를 설득할 수 없었으니 당연히 허리가 굽혀지고 제대로 된 판단을 할 수 없게 된 상황이었다.

하지만 이제는 달랐다. 특유의 냉철함으로 돌아오고 있었다.

"내게 왜 개국 인장이 있다고 생각하나?"

"정말 있나?"

그마저도 의심했다. 카이론은 손가락을 들어 올렸다. 그의 손에는 의심할 여지없는 개국 인장이 끼워져 있었다. 그것조차도 의심할 수는 없었다. 한 왕국의 개국 인장을 가지고 사기를 칠 귀족은 없으니까 말이다.

카이론의 손가락에 끼워진 개국 인장을 본 후 체스터 백작의 머리는 빠르게 회전했다.

'복속은 불가능하다.'

원래 그가 받은 명령은 카이론을 군부 아래 복속시키라는 말이었다.

'협상 또한 불가능하다.'

그는 군부보다 더 강한 명분을 가지고 있었고, 더 많은 병력을 가지고 있었다. 한마디로 동등한 입장이 아니라는 것이다. 자신들이 우위에 서 있다고 생각했다. 하지만 아니었다. 그것은 자신들만의 착각일 뿐이라는 것을 알게 되었다.

'어떻게 해야 하는 건가?'

망설일 수밖에 없었다. 대안이 없다. 이러지도 저러지도 못하는 상황이라 할 수 있었다. 복속시키지 않으면 자신의 가문은 멸문당한다. 절대 빈손으로 돌아갈 수 없었다. 그런데 방법이 떠오르지 않았다.

체스터 백작의 얼굴이 침중하게 굳어져 갔다. 그런 체스터 백작의 얼굴을 냉정하게 지켜보고 있는 카이론.

"북부 귀족파에서도 사신을 보냈지. 물론 군부의 세력과 비슷한 제안을 하기 위해서였겠지. 하지만 그 사신 역시 지금의 정보를 알려줬고, 뒤도 돌아보지 않고 복귀하더군."

점점 더 체스터 백작이 설 자리가 없었다. 체스터 백작은 카이론을 바라봤다. 냉정하기 그지없는 표정. 체스터 백작은 자신이 선택할 수 있는 게 없다는 것을 알았다. 막다른 골목이었다. 자신은 너무나도 무기력했다.

언제나 세상은 자신을 중심으로 돌아갔다. 그런데 단 한순간에 그 모든 것이 무너지고 있었다. 의지할 곳이 없었다. 있다면 여전히 자신에게 충성을 바치고 있는 칼리시니코프 중령뿐이었다.

체스터 백작은 자리에서 일어났다. 그리고 몸을 두른 옷을 정갈하게 가다듬었다. 그는 한참 동안 카이론을 바라봤다. 카이론은 그를 바라보고 있지 않았다. 그에게 아무런 관심조차 없다는 그런 모습이었다.

털썩!

"주군!"

체스터 백작이 무릎을 꿇었다. 그에 해연이 놀란 칼리시니코프 중령이었다. 전혀 생각하지도 못했던 일이 일어나고 있었다. 그는 단 한 번도 자신의 주군이 타인 앞에서 무릎을 꿇을 것이라고는 생각지도 못했다.

체스터 백작은 무릎을 꿇었을 뿐만 아니라 허리를 깊숙하게 숙였다. 북방의 바이큰 족이 그들의 왕에게 행하는 오체투지였다.

"살려주시게."

체스터 백작의 입을 뚫고 나온 첫 마디었다.

"살려… 달라? 하. 하. 하."

카이론이 딱딱 끊어서 웃었다. 살려달라니. 이토록 비굴할 줄이야. 그 꼿꼿하고 당당했던 체스터 백작은 어디 갔는가? 그는 어디가고 목숨을 구걸하는 나약한 중년의 귀족이 여기 있는가?

"왜 그래야 하지?"

"그건……."

할 말은 없었다. 자신은 카이론에게 살려 달라 할 명분조차 없었다. 그는 자신의 뛰어난 머리를 너무 믿어 누구도 믿지 않았다. 그 결과 버려진 현재 자신은 의지할 곳이 없었다. 자신의 가문은 멸문의 상황에 처해 있었고, 자신은 갈 곳이 없었다.

고작해야 자신을 향해 거침없이 저주와 경고의 말을 날렸던 카이론에게 무릎을 꿇고 머리를 조아리고 있을 뿐이었다. 이 얼마나 멍청한 짓이란 말인가? 한 치 앞도 내다보지 못한 자신의 머리가 어찌 카테인 왕국을 좌지우지할 재목이라 생각했단 말인가?

자신은 우물 안의 개구리였을 뿐이었다. 어떠한 변명도 필요 없었다. 지금은 자비를 바랄 뿐이었다. 그러나 카이론은 그를 용서해 줄 생각이 없었다. 그의 거구가 서서히 일어났다.

"돌아가라. 그리고 느껴보아라. 그 참담함을."

저벅. 저벅.

카이론은 접견실을 벗어났다. 하지만 체스터 백작은 결코 무릎을 펴지도 허리를 펴지도 않았다. 너무나도 참담해 피를 토하고 싶을 뿐이었다. 카이론이 나간 후 한참 동안 그 자세 그대로 있던 체스터 백작의 어깨가 들썩였다.

"큭! 크크큭!"

그는 엎드린 채 웃었다. 그러다 점점 그 웃음이 커졌고, 그의 어깨의 들썩임은 격해졌다.

"크큭! 크하하하! 크하하하!"

그러다 허리를 펴고, 비틀거리며 일어섰다. 그에 칼리시니코프 중령은 급히 그를 부축했다. 하나 체스터 백작은 마치 미친 사람처럼 계속 웃고 있었고, 언제 그 웃음이 그칠지 모를 지경이었다.

그러다 그는 털썩 주저앉았다. 그는 초점이 맞춰지지 않은 멍한 눈동자로 허공을 바라보았다.

"미하일로프 체스터야. 넌 어찌 이리도 어리석더냐? 한 치 앞도 내다보지 못하는 것이 인간이거늘, 한 뼘도 안 되는 머리로 세상 모든 것을 다룰 줄 알았더냐. 허! 하하. 어리석구나, 어리석어."

한탄하는 체스터 백작. 그의 곁에 칼리시니코프 중령이 곁으로 다가와 그의 팔을 부축했다.

"가시지요."

그에 멍한 눈동자로 칼리시니코프 중령을 바라보는 체스터 백작.

"나에게 남은 이는 오직 경뿐이로군."

"아직 끝나지 않았습니다. 그를 복속시키지는 못했을지는 모르나 더 중요한 정보를 얻어냈지 않습니까? 그가 진정으로 주군의 죽음을 바랐다면 그 정보를 말해주지 않았을 것입니다."

칼리시니코프 중령의 말에 멍했던 체스터 백작의 눈동자가 다시 초점이 맞춰지기 시작했다. 10년은 더 늙어 보이던 체스터 백작의 얼굴에 약간의 활력이 떠올랐다.

"그렇군. 그자는 나를 그렇게 쉽게 죽일 생각이 없는 것이로군. 조금 더 고통스럽게 죽이기 위해 정보를 준 것이로군… 하지만 보여주지. 내가 그리 녹록하지 않음을 말이야."

의지를 다진다. 마치 죽음 직전 얼굴에 홍조가 띄는 것처럼 말이다. 그러한 체스터 백작을 보며 칼리시니코프 중령은 말할 수 없는 답답함을 느낄 수밖에 없었다.

'욕심을 버려야 하거늘…….'

그는 답답했지만 어쩔 수 없었다. 자신이 선택한 주군이었으니 끝까지 그의 곁을 지켜야 하는 것이 자신의 역할이라 할 수 있었으니 말이다. 그나마 다시 활기를 되찾은 것으로 만족할 뿐이었다.

"가세."

"명!"

그들이 또 하나의 중요한 정보를 가지고 떠나갔다.

카이론은 떠나가는 체스터 백작을 집무실의 커다란 창문으로 바라보고 있었다.

"이제 주사위는 던져졌다."

주사위는 던져졌다. 카테인 왕국이든 나파즈 왕국이든 이 지독한 주사위 게임에서 벗어날 수는 없었다. 모두 죽거나 모두 살거나. 하지만 카이론은 확신할 수 있었다. 반드시 이 주사위 게임에서 살아남을 수 있다고 말이다.

제5장

또 다른 악연

Warrior

"멍청한 놈!"

"아버지!"

"여보!"

페테스브루넌 에라크루네스와 수아레스 에라크루네스, 그
리고 캐서린 에라크루네스였다. 한 가족. 페테스브루넌은 지
금 노호성을 터뜨리고 있었다. 병색이 완연했던 그의 모습은
온데간데없었다.

정정한 모습. 도저히 상상조차 할 수 없을 일이 일어났다.
그에 수아레스와 그의 어미 캐서린은 놀라 입을 다물지 못하

고 있었다.

"대체 왜 그놈을 살려두었더냐?"

"그놈……?"

"카이론 에라크루네스. 네 동생. 아니, 엄밀히 말하면 너의 형이겠지."

"그런…….."

"몰랐더냐? 정말 몰랐더냐?"

페테스브루넌은 수아레스를 몰아붙였다. 그에 수아레스는 얼굴을 벌겋게 물들이면서 분노를 표출했다. 자신보다 더 그 놈을 죽이고 싶어 하는 사람이 또 누가 있을까?

"아비를 독살하려 할 정도면 충분하다 생각했거늘. 내가 너를 잘못 판단한 것이더냐?"

"여, 여보!"

독살이라는 말이 나오자 케서린이 허옇게 질린 얼굴로 그를 불렀다. 하나 페테스브루넌은 그녀에게 시선조차 돌리지 않았다.

"물러나라."

"그렇게는…….."

"가문을 이 꼴로 만들고도 아직도 정신을 못 차린 것이더냐? 가문을 맡겼으면 네가 가주이거늘, 어찌 나를 부르게 만들었더냐? 그렇게도 네가 쓸모없는 놈이었더냐?"

"어찌 그런 말씀을……."

캐서린은 페테스브루넌의 말에 토를 달았다. 자신은 몰라도 자신의 자식은 그런 말을 들어서는 안 되는 것이었기 때문이었다. 그런 케서린을 바라보는 페테스브루넌. 그의 눈동자는 엷게 붉은 기가 돌았다.

그가 분노하고 있는 것이었다. 단 한 번도 자신을 향해 분노를 표출하지 않았으면 유약하기 그지없었던 페테스브루넌이 말이다.

"아들에게 가문을 물려주기 위해 정실을 독살하고 정실의 자리에 앉았으면, 혹여나 걱정되어 아들의 걸림돌이 될 지 아비마저 독살할 독부라면… 더 독해져야 하지 않겠소? 어찌 독함을 중도에 포기한 거요! 힐데만 백작이 있기 때문이었소?"

"나는……."

"나는 말이오, 두 사람이라면 이 에라크루네스 가문을 반석에 올려놓을 줄 알았소. 그래서 내 자식을 포기했고, 나를 포기했소. 한데 결과는 무엇이오. 백작의 위에서 멀어진 내가 특사로 파견되었고, 버린 자식 놈으로부터 경고까지 들어야 했소."

말을 하는 페테스브루넌의 얼굴을 딱딱하게 굳어져 있었고, 분노에 눈가마저 잘게 떨리고 있었다. 그런 페테스브루넌을 바라보는 캐서린은 아무런 말도 할 수 없었다. 그저 바라만 봐도 숨이 턱턱 막히는 것 같았다.

왜 그렇지 않겠는가? 자신이 음식에 독을 탔다는 것을 안다. 정실을 독살하고 그 시신을 갈기갈기 찢고, 들짐승의 먹이로 던져 줬다는 것도 안다. 한데 그런 것쯤은 아무렇지도 않다는 듯이 말을 하고 있었다.

오로지 가문을 살릴 수 있다면 말이다.

지금 페테스브루넌은 그렇게 모든 걸 묵인하고 원하는 대로 해줬는데 왜 못 했냐고 말하는 것이다. 가문은 여전히 백작가였고, 장자에서 차자로 밀린 아들은 아직도 살아 있고, 뭐 하나 좋아진 게 없으니 말이다.

무서웠다. 자신의 남편은 자신이 생각한 것 이상으로 독하고 무서운 사람이었다. 왜 제대로 끝마무리를 하지 못했느냐고 따지고 묻고 있었다. 칼을 꺼냈으면 반드시 베었어야 한다고 말이다.

"백작 위를 회수한다."

"이미 백작 가문의 인장은 제 손에 있습니다."

"흥! 어리석은 놈. 아직도 정신을 제대로 못 차린 것인 게냐? 전대 가주가 피치 못할 사정에 의해서 복귀한다면 그 인장을 다시 되돌린다는 것을 모르는 것이더냐? 귀족에게 믿음이란 사치인 것을 모르는 것이더냐? 그것이 설사 아버지와 아들 간의 사이일지라도 말이다. 보아라!"

그러면서 수아레스의 앞에 하나의 두루마리를 던지는 페테스브루넌. 수아레스는 그가 던진 두루마리를 펼쳐 들었다. 그리고 눈동자가 커지고 손이 부들부들 떨었다.

"이, 이것은……."

"그것이 바로 귀족들의 세계다. 너의 외할아버지조차 너를 믿지 못하는 것이다. 너의 능력은 그 수준이라는 것이다. 이제 알겠느냐?"

"크으윽!"

수아레스는 참담한 신음성을 토해낼 수밖에 없었다. 돌이켜보니 자신은 너무 나약했다. 백작 가문의 가주를 차지하고, 자신을 밀어주는 외할아버지가 있기에 너무 안일하고 기대고 있었다. 모든 것이 자신의 생각대로 흘러간다고 생각해서 말이다.

"제가… 제가 어떻게 하면 되겠습니까?"

"능력을 보여야 하지 않겠느냐?"

"어떤 능력을 말입니까?"

"너의 동생을 설득해서 연합을 맺든지 협박을 해서 무릎을 꿇리던지. 그것을 성공하면 널 정식으로 에라크루네스 가문의 가주로 인정하마."

페테스브루넌의 말에 수아레스는 아무런 말도 할 수 없었다. 그와 자신은 물과 불의 관계라 할 수 있었다. 자신이 죽이지 못하면 자신이 죽는 그런 관계 말이다. 연합은 불가능할 것이다. 그렇다면 협박이었다.

다만 그 또한 통할지 모를 일이었다. 자신은 과거에 비해 강해졌지만……. 엘리시온 아카데미의 마지막 졸업 시험 때 겪었던 악몽이 되살아났다. 그때 자신의 목에 검을 대며 자신을 쏘아보는 카이론의 눈동자를 잊을 수 없었다.

"자신 없는 것이냐?"

"그건……."

"하나 그것은 너의 자신감과는 상관없는 것이다. 한 가문을 이끌어가는 가주란 때로는 하기 싫은 일도 해야만 할 때가 있다. 피를 나눈 형제마저도 등을 돌려야 할 때가 있다. 너와 너의 동생처럼, 너의 어미와 나처럼 말이다."

"……."

할 말은 없었다. 어떤 변명도 통하지 않을 것이다. 지금 현재 수아레스와 그의 어미는 충격 속에서 벗어나지 못하고 있었다. 근 10년 만에 자리를 털고 일어난 페테스브루넌 에라크루네스는 결코 과거 자신들이 알던 모습이 아니었다.

가문을 위해서라면 피도 눈물도, 심지어는 자식과 아내조차도 이용할 준비가 되어 있는 사람이었다. 또한, 과거의 나약한 귀족이 아니었다. 귀족파의 검이라 일컬어지는 자신의 외할아버지인 힐데만 백작조차도 그를 상대할 수 없을 정도의 실력을 가지고 돌아왔다.

어떻게 이것이 가능한 것일까? 그래서 두 모자는 전신을 떨어야만 했다. 그 무섭도록 치밀한 그의 계획 속에서 자신들이 놀아난 것 같은 느낌에서 벗어날 수 없었다. 자신들이 가지고 놀았다고 생각했건만 오히려 자신들이 꼭두각시가 되어 버렸다.

그리고 그는 힐데만 백작을 제치고 당당하게 귀족파의 검으로 다시 태어나고 있었다. 그는 일대일로 힐데만 백작과의 겨룸에서 승리를 가져왔으니까 말이다. 그 일화는 한참 동안 귀족파 진영을 떠돌았다.

당연히 두 모자가 듣지 않을 수 없었다. 충격적이고 완벽한 복귀라 할 수 있었다. 그러한 그의 앞에서 두 모자는 어떤 말도 할 수 없었다. 자신들이 저지른 죄과가 있으니 말이다. 그는 암투를 인정했다.

비정해지기를 강요했으며, 스스로 모범이 되었다. 그러한 그 앞에서 도대체 무엇을 어떻게 할 수 있단 말인가? 무릎을 꿇고서라도 그를 끌고 와야만 했다.

"하… 겠습니다."

"좋군. 그래야 한다. 목적을 위해서는 자존심을 한 번 굽히는 것쯤은 일도 아닌 것이다. 그것이 귀족이다."

담담하게 자존심을 굽힐 것을 강요하는 페테스브루넌 에라크루네스 백작.

"그리고 당신은 더 이상 가문의 일에 참여하지 않는 것이 좋겠소."

"…알겠어요."

그에 만족스러운 얼굴을 한 에라크루네스 백작.

"오랜만에 업무를 봐야 할 것 같군."

축객령이었다. 나가서 볼일 보라는. 거부할 수 없었다. 모자는 그의 집무실에서 조심스럽게 나올 수밖에 없었다.

그들이 나간 후 에라크루네스 백작은 실로 15년 만에 집무실의 의자에 앉았다.

"쯧. 15년간의 인내가 겨우 이것이라니. 나의 선택이 잘못된 것인가? 후우~ 아니, 아니지. 이제 내가 돌아왔음이니 상관이 없으려나?"

그는 오랜만에 자신의 자리에 돌아온 마음에 두 팔을 깍지 끼고 머리 뒤로 올렸다. 집무실 뒤로 거대한 유리창 사이로 밝은 빛이 그를 비추는 듯싶었다.

"잘될 것이다. 내가 돌아왔으니."

편하게 생각했다. 하지만 조금은 걱정이 되었다.

자신의 현재 실력은 최상급. 하나 그때 만난 자신의 아들인 카이론의 경지는 참으로 아리송했다. 보일 듯 보일 듯 보이지 않은 수준. 최소 자신과 비슷한 수준이거나 자신보다 한 단계 높은 마스터일지로 모른다는 생각이 들었다.

솔직히 너무나도 완벽하게 변해 버린 카이론의 모습에 자신조차도 제대로 대응할 수 없었다. 실로 15년 만에 본 자신의 아들이었다. 그를 끌어들이지 않으면 자신의 가문을 만들어내는 데 가장 큰 걸림돌이 될 가능성이 높았다.

그는 아들이 아니다. 정적일 뿐.

"어쨌든 결말이 나겠지."

그는 자신 있었다. 벽을 넘을 자신이 말이다. 벽을 넘으면 자신은 마스터다. 카테인 왕국에는 없는 마스터 말이다. 그런데 자신의 자식이 오점으로 남을 수 있었다. 자신의 앞길을 막는 오점 말이다.

그래서 그를 제거하기로 작정했다. 자신의 또 다른 아들을 통해서 말이다. 수아레스는 자존심을 굽히지 못할 것이다. 어려서부터 그는 그렇게 자랐으니까 말이다. 절대 무릎을 꿇지 못한다.

그렇다면 결론은 하나다. 무력을 쓸 것이다.

그것이 옳은 무력이든 옳지 않은 무력이든. 자신은 또 은근하게 그를 지원할 것이다. 언제나처럼.

햇살을 받으며 그는 서늘한 웃음을 떠올렸다.

＊　　　＊　　　＊

"이번엔 수아레스라……."

카이론은 서신을 한 장 들고 있었다. 북부 귀족파로부터 특사가 온다는 서신이었다. 아직은 적대하지 않은 상황. 온다니 막을 수는 없었다. 하지만 이번에도 껄끄러웠다. 애증 섞인 자신의 아버지에 이어 형이라.

"오면 넌 죽는다."

카이론은 아직 잊지 않았다. 자신의 어머니의 무덤을 파헤치고 갈기갈기 찢어 동물의 먹이로 던진 계모를 말이다. 그리고 자신을 마치 노예처럼 다룬 수아레스를 말이다. 어찌 잊을까? 잊을 수 없는 이들 아닌가?

그리고 자신의 아버지도. 그 모든 것을 뒤에서 조종한 이가 바로 자신의 아버지였으니까 말이다.

용서할 생각은 없었다. 기회를 줄 생각 역시 없었다. 자신이 아버지를 돌려보낸 것은 서서히 절망감을 느끼게 하기 위해서라는 것을 모를 것이다.

잔인하다 말하지 말라. 자신은 그 잔인함을 22년 동안 당하고 살았으니 말이다. 최대한 잔인하게 그들을 절망시킬 것이다. 복수니까.

수아레스는 결코 혼자 여길 오지 않을 것이다. 무언가를 준

비해서 올 것이다. 그래서 기대하고 있다. 어떤 수를 들고 올지 말이다.

어쩌면 오랜만에 챨스턴 알폰소 자작도 볼 수 있을지도 모른다.

그들은 실과 바늘과 같은 존재니까 말이다. 수아레스와 함께 자신을 항상 놀리고 노예처럼 대했던 이였으니 말이다.

기대가 됐다. 아주 많이.

*　　*　　*

"특사로 가라더군."

"특사로 말인가?"

"그러네."

"쉽지 않을 듯한데……."

"쉽지 않은 것이 아니라 불가능하지."

"불가능? 자네가?"

수아레스의 친구인 챨스턴 알폰스 자작이 동그랗게 눈을 뜨며 되물었다. 자신이 아는 한 수아레스는 절대 불가능이라는 말을 입에 담지 않는다. 그런데 그가 불가능이라 말하고 있었다.

"장벽의 제왕이라 불릴 뿐만 아니라 평민들 사이에서는 카
테인 왕국의 수호자라고도 불리는 자의 이름이 무엇인지 아
나?"

"그야… 설마?"

순간 불길함에 휩싸이는 챨스턴. 그의 표정을 본 수아레스
는 무거운 표정으로 고개를 끄덕였다.

콰앙!

"이런 제기랄!"

그에 챨스턴은 탁자를 주먹으로 내려치고야 말았다. 사사
건건 걸린다. 그가 왜 그렇게 카이론을 미워하는지는 모른다.
그 자신도 그것을 모른다. 그냥 카이론이라는 이름과 그의 얼
굴만 떠올려도 답답하고 짜증이 나며 화가 치밀어 오를 뿐이
었다.

"그 자식. 알카트라즈에서 죽지 않았던가?"

"……."

챨스턴의 분노에 찬 물음에도 수아레스는 묵묵부답이었
다. 그를 알카트라즈로 보낸 이후 신경 쓰지 않았다. 알카트
라즈에서 폭동이 일어났다고 했을 때 오히려 잘됐다고 생각
했다.

그때 그는 속으로 외쳤다.

'크흐흐. 그곳에서 죽어라!'

그 이후 그곳에 신경조차 쓸 시간이 없었다. 왜냐하면 자신은 외할아버지의 부름을 받아 병력을 준비하고, 자신이 없을 동안 영지를 유지하기 위한 방편을 마련해야 했기 때문이었다. 그런데 그 이름이 다시 거론되고 있었다.

어찌 그의 심정이 분노해 탁자를 내려치는 챨스턴에 비할까? 그토록 바라고 바랐건만 자신의 바람은 이루어지지 않았다. 어쩌면 자신은 무릎을 꿇어야 할지도 몰랐다. 하지만 죽으면 죽었지 그놈 발치 아래에 무릎을 꿇고 싶지는 않았다.

"이번에는 확실하게 죽여야겠군."

그리고 수아레스 그보다 먼저 부릅뜬 눈으로 씹듯이 뱉어내는 그의 음성. 그에 수아레스는 살짝 웃음을 보였다. 과연 자신의 절친이라 할 수 있었다.

이심전심이라. 마음이 통한 것이었다.

지난 세월 동안 그들은 정말로 절치부심했다.

엘리시움 아카데미의 졸업시험에서 카이론을 찾았을 때 그들이 느꼈던 그 느낌을 이들은 아직 잊지 않고 있었다. 평소 발톱의 때만큼도 느끼지 않았던 저능아 카이론 에라크루네스에게 자신들이 움츠러들어 제대로 대응조차 하지 못했던 그 치욕적인 기억을 말이다.

그들은 그를 바이큰 왕국과의 전쟁터인 최전방으로 보냈

고, 거기에서도 야료를 부려 다시 최접전 지역으로 소속을 변경시켜 전출시켰다. 그럼에도 그는 살아남았다. 손을 떠나나 싶었지만 다시 기회는 찾아왔고, 그를 보낸 곳은 알카트라즈였다.

절대 살아 돌아오지 못할 것이라 생각했고, 그곳에서 죽었을 것이라 생각했다. 하지만 죽지 않고 다시 살아났다.

'지겨운 놈! 이번에는 반드시 네 숨통을 끊어놓겠다.'

수아레스와 챨스턴.

그 둘은 이제 중급의 기사다. 숨기고 숨겼지만 이제는 드러내야만 했다. 그때 당시 그들은 겨우 유저임에도 불구하고 하늘 높은 줄 몰랐다. 하지만 카이론에게 그 치욕적인 수모를 당한 이후 그들은 금단의 마법까지 사용하며, 중급까지 자신들의 실력을 끌어올렸다.

그래서 자신감을 가졌다. 불과 몇 년이다. 그 몇 년 사이에 자신들은 일취월장한 상태였다. 자신감이 하늘을 찌를 수밖에 없었다. 그래서 챨스턴은 자신만만하게 그를 죽이겠다고 단언한 것이었다.

"방법은……."

"역시 결투겠지. 귀족의 복수는 10년이 지나도 과하지 않으니."

"그렇지. 그때 우리에게 준 치욕은 결투를 신청해도 결코 과하지 않음이니."

"그렇지. 이번 참에 놈을 제거하세."

그들은 사태의 심각성을 모르고 있었다. 오로지 자신들이 당했던 치욕을 갚을 생각만 하고 있었다. 그 생각 때문에 그들은 주변의 돌아가는 상황을 돌아볼 수 없었다.

＊　　　＊　　　＊

"누가 왔다고요?"

"귀족파의 특사로 수아레스 에라크루네스와 챨스턴 알폰소 자작이라 합니다."

캐슬린은 현재 남부의 명실상부한 재상이라 일컬어지는 스키피오와 대화를 하고 있었다. 평소 그 둘은 자주 어울렸다. 왜냐하면 캐슬린이나 스키피오나 비슷한 취향을 가지고 있었기 때문이었다.

그 둘은 상당한 체스의 고수로 스키피오를 대적할 만한 사람은 오로지 그녀뿐이었다. 숨 막히는 전투의 연장선 속에서 스키피오와 캐슬린의 유일한 마음의 안식처가 바로 체스였다.

오늘도 둘은 잠깐의 짬을 내어 체스를 두고 있었고, 그 와중에 스키피오가 지나가는 말처럼 흘린 말에 체스의 폰을 들어 올렸던 캐슬린은 폰을 들은 채 멈칫거렸다.

와직!

순간 캐슬린은 폰을 움켜쥐었다. 단단한 대리석으로 만들어진 폰이 가루가 되어버렸다. 그런 급격한 감정의 변화를 본 스키피오는 눈을 동그랗게 뜨고 캐슬린을 바라보았다. 하나 묻지는 않았다.

필시 그들과 어떤 관계가 있을 것이니 말이다.

"허어~ 오늘은 이만해야 할 듯합니다. 저 또한 결재할 서류가 많은지라 말입니다."

"이런~ 죄, 죄송합니다."

"허허. 죄송은 무슨… 사람마다 사정이 있는 것이겠지요. 내가 알기로 맥그로우 가문 역시 북부에 있었고, 알려지기로 힐데만 백작 가문에 의해 멸문했다고 들었습니다."

"네……."

말끝을 흐리는 캐슬린. 그녀는 이미 제정신이 아니었다. 그 둘의 이름이 들려오는 그 순간 말이다.

"죄송하지만 주군을 뵈어야 할 듯싶네요."

평소의 그녀와 다르지 않은 모습이었다. 그녀는 카이론을 찾고 있었다. 그에게 뭔가 원하는 것이 있기 때문이었다. 멍하게 허공을 응시한 채 분노를 꾹꾹 누르고 있는 그녀를 보며 스키피오는 조용히 자리를 벗어났다.

캐슬린은 무언가 홀린 듯이 자리에서 일어나 카이론이 있는 집무실로 향했고, 주저 없이 집무실의 문고리를 열었다.

딸깍!

문이 열리고 업무를 보고 있던 카이론은 고개를 들어 노크도 없이 문을 열고 들어온 자를 바라보았다.

'캐슬린 맥그로우.'

머리를 갸웃했다. 그녀는 명문 중의 명문인 카테인 왕국의 3대 개국공신가 출신이었다. 그러한 가문 속에서 자란 그녀가 귀족의 예법에 벗어나는 일을 할 이유는 없었다. 그가 고개를 갸웃하며 그녀를 볼 때 그녀는 무언가 홀린 듯한 표정을 지어보였다.

카이론은 들고 있던 깃털 팬을 놓고 허리를 편 채 그녀를 바라보았다. 그녀가 카이론의 앞에 멈춰 섰다. 그리고 조용한 목소리로 입을 열었다.

"특사로 수아레스 에라크루네스와 챨스턴 알폰소 자작이 온다 들었습니다."

"그렇다 하더군."

"그들을 영접하는 영접관에 자원하고 싶습니다."

그녀의 말에 카이론은 그녀를 바라봤다. 그리고 입을 열었다.

"은원이 있나?"

카이론은 직감적으로 그것을 깨달았다. 그에 그녀는 고개를 작게 끄덕였다.

"그렇습니다."

"그렇게 해."

이유가 있을 것이다. 하나 그 이유를 묻지 않았다. 자신이 해야 할 몫이겠지만 그녀가 해도 상관없을 것 같았다.

"고맙습니다."

그 말을 남기고 곧바로 돌아 나가는 캐슬린.

"수아레스, 챨스턴. 너희들의 죄악은 도대체 어디까지 뻗친 것이더냐."

카이론은 직감적으로 깨달았다. 그녀와 그들 사이에 자신조차도 예상치 못한 깊은 무언가가 있음을 말이다. 그녀는 아마도 그 둘과 결투를 신청할 것이고, 필히 그들을 죽일 것이다.

수없이 많은 전장에서 살아왔던 카이론.

그가 진득하게 퍼져 나오는 살 떨리는 지독한 살기를 감지하지 못할 리가 없었다. 그는 자리에 일어나 뒷짐을 진 채 창밖을 바라봤다.

"나쁘지 않겠지. 매듭은 스스로 푸는 것이 맞겠지."

카이론에게 허락을 득한 캐슬린이 향한 곳은 그녀의 호위 기사인 요제프가 있는 곳이었다.

또옥! 똑!

그녀가 문을 두드렸다. 잠시의 시간을 두고 문이 열렸다.

"…들어오십시오."

설마 그녀가 자신을 찾아올 줄은 몰랐던지 약간 놀란 얼굴을 하던 요제프는 이내 문을 열어 그녀를 안으로 맞아 들였다.

"그동안… 격조했네요. 요제프 아저씨."

캐슬린은 방 안으로 걸음을 옮기며 입을 열었다. 그런 그녀의 말에 요제프는 잠시 멈칫거렸다. 그러나 이내 고개를 끄덕이며 걸음을 옮겼다.

"차는 무엇으로……."

"아니, 됐어요. 그 전에 할 말이 있어요."

"듣겠습니다."

그녀의 맞은편에 앉으며 요제프가 입을 열었다.

"이번에 귀족파의 특사로 수아레스 에라크루네스와 챨스턴 알폰소 자작이 온다고 하더군요."

"……!"

"이번에 그들을 영접하는 영접관으로 자원했어요."

"그 무슨……?"

요제프는 놀라 입을 벌릴 수밖에 없었다. 너무나도 갑작스러운 말이었기 때문이었다. 그리고 그가 놀란 것은 또 다른 이유 때문이었다. 그녀와 그들의 관계 말이다.

"나는 그들에게 결투를 신청할 예정입니다."

"…하지만!"

"방금 전 주군의 허락을 받고 왔습니다."

"괜찮으시겠습니까?"

"……."

요제프의 말에 그녀는 그를 말없이 바라봤다. 그의 눈동자에는 아무런 감정도 깃들어 있지 않았다. 마치 투명한 유리알을 보는 것 같았다. 침착함을 되찾은 것이 아니라 극도의 분노 상태라는 것을 누구보다 잘 아는 요제프.

"그들은 이곳에서 살아 돌아갈 수 없을 거예요. 그리고 그들의 가문 역시 멸문시킬 겁니다."

"결심을… 굳히신 겁니까?"

"언제나 그들에게 매여 있을 수는 없으니까요."

그 말을 끝으로 캐슬린은 자리에서 일어났다. 이것은 대화가 아니라 일방적인 통보였다.

"잠시! 잠시만."

그런 그녀를 불러 세우는 요제프였다. 그러고는 부리나케 움직여 자신의 검을 챙겨 들었다. 그리고 그녀의 옆에 섰다.

"호위기사는 결코 주인을 버리지 않습니다."

그런 그를 바라보며 살짝 미소를 떠올리는 캐슬린이었다. 그녀의 미소는 눈부셨다. 그에 요제프 역시 밝게 웃을 수 있었다. 과거의 망령을 떨쳐 버린 것이다. 과거 그 일이 있은 이후 그녀는 단 한 번도 저런 밝은 미소를 보여준 적이 없었다.

그녀의 선택이 옳은 것이든 아니면 그른 것이든 요제프는 그녀의 선택을 존중했다. 그녀는 그럴 만한 존재이니까 말이다.

그리고.

'이번에는 너의 곁을 떠나지 않으마.'

그녀는 그의 딸과 같은 존재였다. 이미 오래전에 죽어 머릿속에서 지워진 딸과 같은 존재 말이다.

어떠한 일이 있어도 그녀는 자신이 지켜내야만 했다. 그때 그녀가 변하기 전 그녀의 곁을 지키지 못한 자신이 미치도록 싫었다.

그리고 지금이 그녀에게 진 마음의 빚을 갚을 때였다.

*　　　*　　　*

요제프를 대동하고 캐슬린은 특사들이 다가오는 곳으로

걸음을 옮겼다. 멀리 귀족파의 특사들이 모습을 보였다. 귀족 두 명과 그들을 호위하는 기사 이십, 그리고 그들이 부리는 병사 2백. 결코 적지 않은 인원임에는 틀림없었다.

그들은 최대한 호화롭게 치장하고 있었다. 귀족파의 특사로서 절대 남에게 뒤지지 않아야 하니 말이다. 그러하기 기사들이나 병사들 모두 정련된 움직임을 보여주고 있었고, 가장 선두에 선 두 귀족들 역시 자부심 가득한 얼굴이었다.

그런 그들을 보며 케슬린은 옆에 끼고 있던 헬름을 다시 착용했고, 그녀를 따라 요제프 역시 헬름을 착용했다. 180의 장신에 길게 나부끼는 백은발의 머리카락과 붉은 망토. 그 뒤를 따르는 요제프와 그들을 호위하는 병사들.

그들 또한 결코 화려하게 치장한 특사들에게 밀리지 않았다. 아니 밀리는 것이 아니라 오히려 더 정련되고 간결해서, 정예라 하면 진정 이래야 한다는 것을 보여주는 듯 보였다.

수아레스와 챨스턴은 자신을 맞이하기 위해 나온 이가 여기사라는 점에 살짝 인상을 찌푸렸다.

그때 그의 뒤에 있던 기사가 입을 열었다. 일전에 에라크루네스 백작과 함께 왔던 적이 있는 기사였다. 그는 그녀가 누군지 안다. 그때 주요 인물들을 파악하고 있었으니 말이다.

"세븐 스타 중 백색의 마녀라 불리는 기사입니다."

그에 살짝 찌푸렸던 둘은 얼굴 근육을 빠르게 회복시켰다. 이곳으로 오면서 귀가 따갑게 들었던 이름이 있으니 죽음의 장벽을 밝히는 두 명의 현자와 일곱의 별이었다. 그중 한 명의 여기사가 있으니 바로 백색의 마녀라 불린다는 말도 들었다.

특사로 온 둘이었지만 이미 귀족으로서 그 위명을 떨치는 백색의 마녀인지라 감히 위에서 아래로 내려다보지 못하고 하마를 했다.

"반갑소. 북부 귀족으로 특사를 맡고 있는 수아레스 에라크루네스요."

"반갑소. 몬테레이의 챨스턴 알폰소 자작이오."

"반갑군. 지금은 멸문했지만 한때 북부의 켈러베러스 일대를 지배했던 맥르로우 백작 가문의 장녀이자 현재 남부의 로드이신 카이론 에라크루네스 전하의 호위대를 맡고 있는 캐슬린 맥그로우다."

"무슨."

"설마."

수아레스와 챨스턴은 순간 불길한 느낌에 눈을 동그랗게 뜰 수밖에 없었다. 설마 아니겠거니 생각했다. 하지만 현실은 종종 기대를 배신하듯 지금 상황 역시 그러했다. 자신을 소개한 캐슬린은 착용하고 있던 헬름을 벗었다.

허리까지 내려오는 백은발의 풍성한 머리카락이 흘러내렸고, 수아레스와 챨스턴은 숨이 멎을 것 같은 느낌으로 다리에 힘이 쭈욱 빠지는 것 같았다.

"어떻게……."

그때 두 명의 얼굴 새하얀 장갑이 던져졌다.

"캐슬린 맥그로우. 수아레스 에라크루네스와 챨스턴 알폰소 자작에게 결투를 신청한다."

둘은 당황했다. 어찌 이런 일이 일어날 수 있단 말인가? 일어날 수 없는 일이 일어났다. 그러하기에 제정신을 차리기 힘들었다. 어떻게 이 상황을 수습해야 할지 몰랐다. 그때 그 둘보다 먼저 정신을 차린 기사가 나섰다.

"있을 수 없는 일이오. 특사의 자격으로 온 분들에게 이 어찌 무례한 짓이란 말이오. 또한, 결투를 함에 있어 그 결투를 인정해 줄 참관인이 있어야 하는 법."

"그 참관인 내가 하지."

그때 그들에게 들려오는 목소리가 있었으니 바로 카이론이었다. 카이론의 목소리를 들은 수아레스와 챨스턴은 화들짝 놀라 그를 바라봤다. 과거보다 확연하게 작아진 신장. 하지만 그때와는 또 달라진 모습이었다.

그는 손을 들어 올려 그들에게 보여주며 입을 열었다.

"국왕 전하를 대리하는 남부의 로드로서 그 결투를 참관하도록 하지."

"남부를 지탱하는 일곱 개의 별 중 한 명으로서 나 또한 결투를 참관하도록 하지."

"나 또한……."

카이론은 혼자 오지 않았다. 두 명의 현자와 캐슬린을 제외한 여섯 명의 별을 모두 대동했다. 그들 모두가 참관인으로 나섰다. 남부의 기둥이자 일곱 개의 별. 그 누가 있어 그들이 참관인으로서 부족하다 할 것인가?

"네놈! 네놈이 꾸민 짓이더냐?"

"네놈이라 했나? 웃기는군. 작위도 없는 자가 감히 작위를 가진 귀족에게 네놈? 이거 카테인 왕국을 지탱하는 귀족들에 대한 예의는 다 어디 갔단 말인가?"

카이론은 말도 안 된다는 듯이 입을 열었다. 그런 그의 모습이 더욱 그들을 분노하게 했다.

"이익! 네놈이 감히!"

턱!

앞으로 뛰쳐나가려는 챨스턴을 가로막는 무엇이 있었다. 바로 캐슬린의 클레이모어였다. 폭이 넓고 무거운 클레이모어를 한 손으로 들어 챨스턴의 목에 대었다. 그에 수아레스와 챨스턴은 흠칫할 수밖에 없었다.

과거와는 완전히 달라졌기 때문이었다. 과거 그녀는 여리

디여린 천상 귀족 가문의 여식일 뿐이었다. 한데 달라졌다. 무표정한 얼굴. 생각할 수조차 없을 만큼의 빠른 대응. 그리고 무엇보다 그녀가 들고 있는 검이 문제였다.

클레이모어는 남자들조차 한 손으로 들기 버거울 그런 무기였다. 물론 익스퍼트에 오른다면 어렵지 않게 들어 올릴 수 있다. 하지만 중요한 것은 익스퍼트에 오르더라도 쉽게 다룰 수 있는 무기가 아니라는 것에 있다.

클레이모어는 검 중에서도 중병이다. 기사들은 전투 상황에서도 함부로 마나를 사용하지 않는다. 이를테면 마나라는 것은 최후의 보루나 마찬가지였다. 그렇다는 것은 지금 캐슬린이 들어 올려 챨스턴의 목에 겨눈 클레이모어는 순수한 그녀의 근력이라는 말이 된다.

"결투는 내가 신청한 것으로 안다."

그녀의 시리도록 차분한 목소리. "

"이이……."

"네, 네년이 가, 감히……."

"귀족으로서 기사로서 결투를 피하지 않을 것이라 믿는다. 연무장에서 기다리지."

그 말을 남기고 매몰차게 돌아서는 그녀의 신형. 그런 그녀를 보며 피가 나도록 꽉 움켜쥐는 주먹.

"특사로서의 대우는 결투가 끝난 후에 하지."

그 말을 남기고 카이론 역시 연무장으로 향했다. 그에 수아레스는 부들부들 떨리는 주먹과 함께 주체할 수 없는 살기에 휩싸였다. 그때 그의 어깨에 올려지는 손이 있었으니 찰스턴의 손이었다.

"어차피 잘된 일 아닌가?"

"잘된 일?"

"그렇지. 저년을 죽여 우리의 치욕스런 과거를 지우고, 카이론 저놈에게도 경고를 하는 게지."

찰스턴의 말에 수아레스의 얼굴이 일그러졌다. 찰스턴과 자신만이 공유하는 과거의 치욕. 그것은 바로 캐슬린 그녀에 관한 것이었다. 그 둘만이 아는 과거. 맥그로우 가문을 멸문시킬 때 둘은 그 자리에 있었다.

아니 직접 맥그로우 가문의 성을 불태웠고, 맥그로우 백작과 형제들을 죽이고 가문의 여성들을 겁탈했다.

당시 살아나간 사람은 단 두 사람. 당시 어렸던 캐슬린 맥그로우와 그녀의 호위기사뿐이었다.

그들은 잔인했다. 맥그로우 백작 가문과 관계된 모든 것을 파괴했다. 살아남은 둘은 북부에 있을 수 없었다. 결국 기사 요제프 제프르는 어린 캐슬린을 안고, 그들의 손이 닿지 않는 곳으로 갈 수밖에 없었다.

그리고 그들의 정착한 곳은 바로 강력한 군부세력으로 북동부 귀족들과 척을 지고 있는 6군단으로 스며드는 것이었다.

그들은 그곳에서 정착했고, 절치부심 속에 하루하루를 살아갔다. 하나 귀족파의 마수는 결코 가벼운 것이 아니어서 그녀가 장성할 때까지 수없이 많은 암살 시도를 받아야만 했다.

어쨌든 그들은 백작 가문을 멸문시키는 과정에 있어서 결코 드러나지 말아야 할 감추고 싶어 하는 비밀이었고, 오점이었다. 힐데만 백작에게는 멸문시켰다고 보고했으니까. 그들은 비밀리에 캐슬린 맥그로우와 그녀를 구해 탈출한 호위기사를 찾았다. 그런데 의외의 장소에서 그들을 발견한 것이었다.

감추고 싶은 자신들의 과거와 마주하게 된 것이었다. 그것은 카이론도 마찬가지였다.

그들은 아직도 자신들이 잘못했다는 것을 알지 못한다. 단지 자신이 가는 길에 걸림돌로 작용하는 모든 것을 지울 수 있는 절호의 기회라고 생각하고 있을 뿐이었다.

"큭, 그렇군. 절호의 기회로군."

그들은 아직도 인지하지 못하고 있었다. 그녀가 왜 남부의 일곱 개의 별 중 하나가 되었는지. 그들이 발전하는 동안 카이론 역시 발전했다는 것을 말이다.

물론, 카이론의 경우 그들과 첫 대면할 당시부터 그들을 압도하고 있었으나, 이미 지독한 아집과 독선으로 가득 찬 그들에게 그것이 보일 리는 만무했다.

그들은 음흉한 웃음을 흘리며 그들이 사라진 연무장으로 향했다. 그들이 연무장에 도착했을 때 모든 준비는 이미 완료되어 있었고, 수많은 기사와 귀족들이 연무장의 결투장을 빙둘러 있었다.

그들은 그 모습에 히죽 만족한 웃음을 흘렸다. 이 모든 것이 자신들만을 위해 만들어진 무대 같은 느낌이 들었던 탓이었다. 결투장의 중앙에서 캐슬린이 느릿하게 움직이고 있는 그 둘을 바라보며 입을 열었다.

"혼자 올 텐가 함께 올 텐가?"

"큭! 너 따위 년에게 둘이? 웃기는 년이군. 내 가랑이 밑에서 기게 만들어주지."

챨스턴은 누구에게도 들리지 않은 나직한 목소리로 입을 열며 혀로 입술을 핥았다. 그런 그의 행동을 보면서도 무표정한 캐슬린.

"올라오라."

캐슬린은 손가락을 까딱거렸다. 그에 챨스턴은 얼굴이 벌게지면서 결투장 위로 올랐다.

"가랑이를 찢어주마."

"말만 늘은 건가?"

"이익! 죽일 년!"

챨스턴은 두 자루의 검을 꺼내 들었다. 방어 따위는 생각할 필요도 없다는 듯한 그의 행동이었다. 원래부터 쌍검을 다루기는 했지만 이리도 무모하지는 않았다. 하지만 지금은 그럴 수밖에 없을 것이다.

분노에 머리끝까지 치솟아 올랐고, 상대를 얕잡아 보니 당연한 행동일 것이었다.

쉬아악!

처음부터 그는 검에 마나를 불어 넣어 오러 포스를 시전했다. 단번에 목을 베어버릴 것 같은 기세였다.

하나!

카앙! 캉!

가볍게 막혔다. 방심하고 있다고는 하나 오러 포스를 시전한 검이다. 나름 전력을 다한 것이라 할 수 있었다. 하지만 어떻게 검을 휘둘렀는지도 모르는데 자신의 검이 막혔다. 순간 챨스턴은 정신이 번쩍 깨어나는 것을 느꼈다.

하지만 그때는 이미 늦었다.

콰앙!

"크흐윽!"

옆구리에서 격렬한 통증이 밀려들었다. 정신없이 물러나면서도 그는 캐슬린을 보았고, 캐슬린은 검날이나 검등도 아

188 워리어

닌 검면으로 자신을 후려치고 있음을 알 수 있었다.

"이이……."

그는 말을 잇지 못했다. 말을 하기에는 그녀가 휘두르는 거대한 클레이모어가 자신의 전신을 쪼갤 듯 쇄도하고 있었기 때문이었다. 그는 급급하게 두 자루의 쌍검을 엑스 자로 교차하여 그녀의 검을 막아갔다.

카가가각!

쇠가 갈리는 소리가 흘러나왔다. 중급의 오러 포스 따위는 상대조차 되지 않을 무지막지한 충격이 손아귀와 손목에 전해졌다. 챨스턴의 무릎이 꿇려졌다. 그런 챨스턴을 보며 캐슬린이 다시 위에서 아래로 검을 내려쳤다.

콰아앙!

"커헉!"

마침내 챨스턴의 입에서 비명이 터져 나왔다. 그는 이를 악물었다. 입 안에서 비릿한 향기가 퍼져 나왔다. 무언가 미지근한 것이 목구멍을 타고 넘어왔다. 하지만 뱉어낼 수는 없었다. 그 짧은 순간 그는 내장이 진탕되는 충격을 받았다.

그런 그를 보며 캐슬린이 웃었다. 그런 그녀의 웃음을 보며 챨스턴은 입을 열었다.

"네까짓 것이 감히……."

참았던 핏물이 흘러내렸다.

"겨우 이 정도인가? 겨우 이 정도였어?"

캐슬린은 무감정한 목소리로 그 말을 되뇌었다. 그리고 다시 검을 들어 올렸다.

쉬아아악! 콰아아앙!

챨스턴은 그 기세가 만만치 않음을 알고 몸을 굴려 피했다. 일개 여인네의 검에, 그리고 과거 자신의 발치 아래에서 나뒹굴던 이에게 당했다는 생각은 이미 저만치 사라지고 없었다.

그녀의 검이 바닥을 때렸다. 거대한 폭음과 함께 흙먼지가 그를 덮쳤다. 하나 캐슬린의 공격은 멈추지 않았다. 다시 검이 들어졌고, 챨스턴은 아슬아슬하게 그것을 피했다. 하지만 그를 감싸고 있던 멋드러진 풀 플레이트 메일의 한 조각이 떨어져 나가고 있었다.

쉬아악! 콰아앙!

또다시 바닥을 구르는 챨스턴. 그는 어떻게 해서든지 이 상황을 반전시켜 보려 했다. 하나 캐슬린의 검은 결코 그것을 허용하지 않았다. 쉴 새 없이 공격해 들었다. 그때마다 챨스턴은 바닥을 굴렀고, 그의 풀 플레이트 메일은 떨어져 나갔다.

그러기를 한참. 챨스턴을 마치 쥐 잡듯이 몰아붙이던 캐슬린이 뒤로 물러났다. 그에 챨스턴은 재빨리 자리를 박차고 일어섰다. 그리고 다시 쌍검을 잡고 자세를 취했다. 그는 캐슬린을 바라봤다.

지극히 냉랭한 표정. 그 표정 속에서 한 줄기 비웃음이 걸려 있었다. 순간 챨스턴은 자신의 몸을 살폈고, 너덜너덜해진 풀 플레이트 메일을 볼 수 있었다. 흙먼지를 잔뜩 뒤집어써 애초에 깔끔했던 모습은 온데간데없었다.

"우와아악! 죽인다!"

그가 미친 듯이 캐슬린을 향해 쇄도했다. 캐슬린은 피하지 않고 그대로 클레이모어를 휘둘렀다.

콰아아앙!

"크흐흑!"

이번에도 검면으로 챨스턴의 옆구리를 후려쳤다. 그에 챨스턴은 튕기듯이 옆으로 밀려났다. 캐슬린의 공격은 거기에서 끝나지 않았다. 그가 쓰러지지 않게 아주 친절하게 좌우에서 그를 몰아쳤다.

챨스턴은 정신없이 움츠러들 수밖에 없었다. 막을 수도 피할 수도 없었다. 그리고 뼈가 시리도록 강력한 공격에 정신을 차릴 수조차 없었다.

스각!

그러다 오른팔 부위가 뜨끔했다.

"크하악!"

챨스턴은 목청껏 비명을 질렀다. 그의 오른쪽 어깨가 깨끗

하게 절단되며 핏물이 솟구쳤다. 밑에서 그 모습을 지켜보고 있던 수아레스는 분노의 소리를 지르며 결투장으로 뛰어들었다.

"네 이녀어언!"

콰창!

그의 공격을 가볍게 받아 넘긴 그녀는 물러나면서도 클레이모어를 휘둘렀다. 또다시 챨스턴의 비명 소리가 들려왔다. 그에 수아레스는 본능적으로 소리가 나는 쪽으로 시선을 돌렸다. 이번에는 다리였다.

"네년이 감히……."

분노하는 수아레스를 보며 캐슬린의 냉막한 얼굴에 한 줄기 미소가 떠올랐다. 눈도 웃지 않고, 얼굴도 웃지 않고, 오로지 그녀의 입술만 움직였다. 그것은 명백한 차가운 비웃음이었다.

"그래, 그렇지. 그날도 너희들은 그랬지. 혼자서는 아무것도 할 수 없어서 둘이 덤벼들었지."

"무, 무슨 소리를 하는 것이냐?"

"왜? 겁나나? 명문 귀족 가문의 장자로서 차마 입에 담을 수 없는 행동을 한 것이 걸리나? 그래서 이번 기회에 날 죽이려 했더냐?"

"다, 닥쳐라!"

어느새 챨스턴이 그녀를 향해 입을 열었다. 팔과 다리가 잘려 나갔음에도 불구하고 그는 여전히 그녀를 향해 맹렬한 분노를 쏟아내고 있었다. 그런 그를 슬쩍 바라보던 캐슬린이 말없이 그를 향해 걸었다.

"어딜 가려는 게냐?"

그런 그녀를 막아서는 수아레스. 그런 그를 보며 비릿한 미소를 떠올리는 캐슬린.

"막을 수 있으면 막아보도록."

"죽엇!"

거침없이 캐슬린을 공격해 들어가는 수아레스.

하나.

콰아앙!

"커허억!"

거대한 폭발음이 들려오며 핏줄기를 뿜어내며 훌훌 날아가는 수아레스. 그는 근 10미터 이상을 날아가 흙먼지를 일으키며 데굴데굴 굴렀다. 그런 그를 쳐다보지도 않고 에의 자신만의 걸음을 내딛는 캐슬린.

우뚝.

수아레스가 저항 한 번 제대로 못해보고 멀리 떨어져 나가자 방금 전까지 기세등등했던 챨스턴은 하나 남은 팔과 하나 남은 다리로 엉금엉금 기어 그녀의 다리를 잡고 빌었다.

"사, 살려 주시오."

순간 케슬린의 볼살이 꿈틀거렸다. 마치 더러운 쓰레기를 보는 것 같은 느낌이 들었고, 속이 울렁거리며 10년은 된 음식이 넘어올 것 같았다. 어찌 사람이 이리도 빨리 돌변할까? 방금 전까지 자신을 향해 숨길 수 없는 적으로 내보이던 이였다.

지금은 자신의 발을 잡고 살려 달라 빌고 있었다.

"내, 내가 잘못했소. 그러니 부디 자비를 베풀어……."

케슬린의 고개가 들려져 허공을 향했다. 그 순간 챨스턴의 눈가에는 악독한 빛이 떠올랐다.

"죽어랏!"

그러면서 남은 한 팔로 검녹색의 무언가 뚝뚝 떨어져 내리는 단검을 휘둘렀다.

하나!

카아아앙!

"크흡. 사, 살려… 끄륵!"

자신의 최후의 일격이 실패했다고 느끼는 그 순간 곧바로 다시 살려달라는 말을 하려던 찰나 그의 목줄기가 그녀의 손아귀에 잡혔고, 그녀는 말없이 그를 들어 올렸다. 창백하게 질려가며 그녀의 손아귀에서 빠져나가려 안간힘을 쓰는 챨스턴.

우드득!

그녀는 그의 목을 꺾어버렸다. 그에 혀를 빼물고 단숨에 숨이 넘어가 버리는 챨스턴. 허무한 죽음이었다.

"이녀어언!"

수아레스가 미친 듯이 그녀를 향해 쇄도했다.

콰아앙!

하나 쇄도하는 속도보다 더 빠르게 튕겨져 나갈 뿐… 상대가 안 되었다.

무려 중급의 기사인 수아레스가 말이다. 하기는 챨스턴 역시 중급의 기사였거늘 마치 어린아이처럼 허무하게 죽어갔다.

하지만 절친의 죽음에 앞뒤 가리지 않고 뛰어들고 있는 수아레스였다.

"으아아악!"

그는 다시 비명을 지르며 그녀를 향해 쇄도했다. 쇄도하고 튕겨져 나가고 쇄도하고 튕겨져 나가기를 반복했다. 그리고 마침내.

"커허어억! 허억! 허어억!"

다시 튕겨져 나가며 바닥에 흙먼지를 일으키며 쓰러지는 수아레스. 그의 입에서는 거침 숨소리가 들려왔다. 그를 향해 걸음을 옮기는 캐슬린.

"퉤엣! 죽여라! 이년! 죽이란 말이다."

"안 그래도 그럴 생각이다. 하지만 쉽게는 아니지."

콰직!

"꺼어억!"

캐슬린은 발을 들어 올려 수아레스의 대퇴부를 밟아 대퇴
골을 부러뜨렸다. 그 참담한 고통에 수아레스는 눈을 까뒤집
고, 입에 거품을 물 수밖에 없었다.

제6장

카테인의 왕

Warrior

캐슬린은 무기를 사용하지 않았다. 그저 주먹과 발을 이용할 뿐이었다. 그렇게 수아레스를 두드리는데 그것은 처절하고 또 처절했다. 자신의 과거를 지우기 위한, 두려움을 벗어나기 위한 몸부림과 같은 모습이었다.

"으아아악!"

그녀는 수아레스를 때리면서 악을 썼다. 그때 카이론이 움직여 그녀의 손을 잡았다. 더 이상 방치하면 오히려 그녀에게 해가 될 것 같아서였다.

턱!

그녀의 손이 카이론의 손에 잡혔다.

"그 정도면 되었다."

눈물이 그렁그렁하게 맺혀 있었고, 그녀의 두 볼을 통해 끊임없이 흘러내렸다. 그러다 그대로 허물어져 내렸다. 그런 그녀를 다시 일으키며 그녀의 등을 토닥거리는 카이론이었다. 그러고는 이내 그녀를 요제프에게 건네줬다.

하지만 캐슬린은 요제프의 부축을 거부하고 자신의 검인 클레이모어를 집어 들고 오연하게 주변을 훑어보고 결투 장소를 벗어났다. 그 누구도 그녀가 가는 길을 가로막지는 못했다. 심지어는 수아레스와 챨스턴을 수행해 온 기사들마저 그녀의 발걸음을 막지 못했다.

그녀가 사라진 후 카이론은 특사를 수행하는 가장 선임이 되어 보이는 기사를 향해 시선을 두었다. 둘의 시선이 부딪혔다. 선임 기사는 지금의 상황에 대해서 침중하게 얼굴을 굳히고 있었다.

상황이 왜 이렇게 되었는지 짐작이 갔기 때문이었다.

맥그로우 가문이 북부 귀족파에 의해 멸망당했다는 것은 알 만한 사람들은 모두 알고 있는 사실이었다. 게다가 지금 보아하니 그 일에 수아레스와 챨스턴이 관련된 것 같았다.

평소 주변의 평가와 지금의 상황을 연결해 보니 어떤 짓을 했는지 짐작이 갔다. 그러하기에 참담한 기분이 들었다.

"이것이… 우리의 답이다."

카이론은 그 말을 남기고 신형을 돌려세웠다. 그를 따라 기사들과 귀족들이 움직였다. 결투장이 마련된 연무장에 모여들었던 기사들과 귀족들은 순식간에 썰물처럼 빠져나갔다. 지극한 정적이 감돌았다.

남아 있는 것은 특사를 수행해 온 기사들과 행정관뿐이었다. 그들은 고개를 들지 못하고 푹 수그리고 있었다.

"허어~ 맥그로우 백작 가문과의 악연이었던가?"

"어쩌자고 맥그로우 백작 가문의 영애가……."

개중 몇몇은 수아레스 에라크루네스의 널브러진 모습을 보며 착잡한 표정으로 혀를 찼다.

"더 이상 이곳에 머문다는 것은 오히려 역효과가 날 것 같습니다."

조금은 나이 들어 보이는 행정관이 고개를 절레절레 저으며 선임 기사를 향해 입을 열었다. 그에 선임 기사 역시 그 말이 맞음을 알고 고개를 끄덕였다.

"하아~ 복귀하도록 하지."

"현명하신 판단입니다."

그러다 행정관이 문득 널브러진 수아레스 에라크루네스의 모습과 이미 숨이 끊어진 챨스턴의 시체를 바라보았다. 그에 선임 기사가 다시 입을 열었다.

"어차피 문책을 피할 수 없소. 수습을 해야겠지요."

"알겠습니다."

선임 기사의 말에 다들 주섬주섬 널브러진 수아레스와 찰스턴의 시체를 수습하는 기사들. 역하고 비릿한 피 냄새에 그들은 얼굴을 찌푸릴 수밖에 없었다.

그들을 뒤로하고 모두 자신의 자리로 돌아간 남부의 기사들과 귀족들.

그들의 얼굴 역시 결투장에 있는 기사들이나 행정관과 비슷한 침통한 얼굴을 하고 있었다. 하지만 그들의 속내를 들여다보자면 그들의 침통함은 특사와 함께 온 기사들과 행정관과는 전혀 다른 침통함이었다.

그들의 침통함 속에는 분노와 부끄러움이 깃들어 있었다. 귀족들의 행태에 대한 분노와 자신들이 그런 귀족이라는 점에서의 부끄러움이었다.

"이 왕국은 진즉에 바뀌었어야 했군."

예이츠 백작은 나직하게 자신의 생각을 토해냈다.

"너무 썩었더군. 내가 생각했던 것보다 더."

맥그래스 백작이 말을 받았다. 젊은 귀족들. 그들마저 썩어 있었다. 젊은 귀족들이 썩었다는 것은 이미 기존의 귀족들이 얼마나 썩었는지 알려주는 기준과 같은 것이었다. 그러하기 때문에 그들은 기성세대로서 자신들이 젊은 귀족들을 제대로 이끌지 못했다는 점에 참담함을 느꼈다.

자신들은 변화를 너무 싫어했고, 현실에 너무 안주하고 있었다. 자신들이 중앙으로부터 소홀해졌다고 해서, 버려졌다고 해서 앞으로 왕국을 이끌어가야 할 젊은 귀족들에 대한 것마저 포기했음에 스스로를 자책하고 있는 것이었다.

"우리들의 책임이겠지요."

어느새 그들이 곁으로 다가온 알프레드 슐리펜이 그들의 대화 속으로 뛰어들었다. 그는 이곳에서 마법 병단의 병단장이었다. 아직 실전에 활용할 정도의 마법사를 길러내지 않았지만 그 혼자만의 역량으로도 수십 수백의 마법사를 압도할 실력을 지니고 있었다.

"…그렇구려. 우리의 책임이었구려. 우리는 책임을 회피하고 권리만 누리려 했던 거로군."

귀족에게는 권리와 의무가 존재한다. 의무에는 책임이 뒤따른다. 그런데 그런 의무를 저버리고 자신들만의 권리만 내세우고 있었다. 가슴이 아릿하게 저려왔다. 묵직한 돌덩이가 심장을 후려치는 것 같았다.

"이제는 달라져야겠지요."

슐리펜 병단장의 말에 예이츠 백작과 맥그래스 백작이 그를 바라봤다. 그는 잠시 가던 길을 멈추고 예이츠 백작과 맥그래스 백작을 바라봤다. 그에 두 백작은 슐리펜 병단장이 자신에게 할 말이 있음을 알고 걸음을 느릿하게 가져갔다.

"두 분께 부탁할 일이 있소."

"흐음."

"부탁이라……."

슐리펜 병단장의 말에 둘은 직감적으로 결코 쉬운 부탁이 아님을 알았다.

"듣겠소."

하지만 이미 각오한 바가 있으니 거리낄 것은 없었다.

"주군을 카테인의 오롯한 사람으로 만들어야 하지 않겠소?"

그에 둘은 우뚝 걸음을 멈춰 세웠다. 어느 정도 짐작은 하고 있었다. 이런 날이 올 줄도 알았다. 그런데 바로 그날이 오늘이었던 모양이었다.

"어찌 해야 하오?"

"귀족들과 기사들의 의견을 하나로 모았으면 하오."

"그리고……?"

"저는 왕궁을 다녀와야 할 것 같소."

"왕궁이라……."

고개를 끄덕였다. 개국 인장이 있다고 해서 모든 것이 끝나는 것이 아니었다. 카이론이 개국 인장을 소유하고 있음에도 스스로 왕이라 칭하지 않는 이유는 바로 전대 국왕의 승인이 없었기 때문이다.

문서의 형식이 되었든 마법 영상이 되었든, 그 누구도 감히 토를 달 수 없을 정도로 확실한 승인 말이다. 그것을 위해서 슐피펜 병단장은 사지가 될지 모르는 곳으로 직접 가겠다고 호언을 한 것이었다.

"괜찮겠소?"

걱정스럽다는 듯이 묻는 예이츠 백작이 물었다. 이미 자신들은 작정한 바 있었다. 일이 이렇게 흘러갈 줄 짐작하고 있었다. 그렇지 않아도 의견을 모으는 작업에 들어가야 하지 않을까 하는 생각을 하고 있어서 분위기를 조성하고 의견을 하나로 모으는 것은 어렵지 않았다.

하나 스스로 적진으로 들어가는 것은 결코 쉽지 않은 일이었다. 그런 그들의 생각을 읽었는지 슐리펜 병단장은 슬쩍 미소를 떠올렸다.

"누군가는 해야 할 것이고, 가장 쉽게 접근할 수 있는 사람이 나이니 큰 모험이라 할 것도 없소. 게다가 본인은 비밀통로를 알고 있으니 그리 어렵지 않을 것이오."

슐리펜 병단장의 말에 그들은 결코 그의 결심을 꺾을 수 없음을 알고 고개를 주억거리며 입을 열었다.

"부디 성공했으면 좋겠소."

"성공할 것이오. 개국 인장을 그에게 전한 것 역시 현 국왕 전하의 의지였으니 말이오."

"그렇다는 것은……."

"국왕 전하께서는 카테인 왕국이 변하기를 원하고 있소. 또한, 뒤늦게나마 현 재상의 정체를 알고 이런 날이 올 것임을 알고 계셨소."

"허어~ 그랬었구려. 그랬었어."

그에 두 백작은 과연이라는 표정으로 슐리펜 병단장을 바라봤다. 그들은 슐리펜 병단장의 말을 듣고 현 국왕의 완고한 의지를 느끼고 있었다.

"그럼. 두 분 부탁드리겠소."

"다시 오신다면 모두가 한마음이 되었을 것이오."

맥그래스 백작의 말에 슐리펜 병단장은 둘에게 가볍게 고개를 숙여보인 후 빠른 걸음으로 카이론을 향했다. 그리고 그와 어깨를 나란히 했다.

"할 말 있나?"

"왕도에 다녀와야 할 것 같습니다."

"으음……."

그의 말에 의미를 깨달은 카이론이 고개를 끄덕였다.

"때가 된 것인가?"

"더 늦어지면 오히려 힘들어질 수도 있습니다."

"다녀와."

"그리고…….”

"달리 더 할 말 있나?"

"어찌하실 겁니까?"

"뭘 말인가?"

"캐슬린 맥그로우 말입니다."

"으음…….”

처음에는 그저 멸문한 가문의 상처 입은 여기사일 뿐이었다. 하지만 그녀는 카테인 왕국의 3대 개국공신 가문이었다. 슐리펜 가문의 알프레드나 드러커 가문의 아프리카누스와 달리 처음부터 크게 두각을 드러내지 않았던 그녀였다.

그런데 전투가 거듭되고, 카이론의 주변으로 귀족들과 기사들이 모여들수록 그녀는 점점 자신의 본 모습을 서서히 드러냈다. 강력한 무력, 뛰어난 지도력을 바탕으로 그녀는 단숨에 세븐 스타의 자리에 올랐다.

처음에는 반신반의하던 이들조차도 이제는 서슴없이 그녀를 세븐 스타의 한 명이라 손가락을 치켜들었다. 이제 그녀는 카이론이 지휘하는 군에 있어서 없어서는 안 될 기사가 되었다. 슐리펜이 묻는 이유는 그녀가 무너지지 않게 지켜달라는 조언이었다.

없어서는 안 될 존재. 그렇다면 지켜야만 했다.

"지켜야겠지."

"부탁드립니다."

또 다른 의미로 그녀는 존재해야만 했다.

그녀는 카이론이 카테인의 지존으로 인정받기 위해서 반드시 필요한 사람이었다. 그녀의 가문은 왕국의 방패라 일컬어지고, 전통적으로 왕국의 기사단장을 역임한 가문이었으니까 말이다.

"잘 다녀와."

"그럼."

가볍게 고개를 숙인 후 전혀 다른 방향으로 걸어가는 슐리펜 병단장이었다. 그런 그의 뒷모습을 우두커니 바라보던 카이론. 그런 카이론의 모습을 지켜보던 귀족들과 기사들은 자신들의 할 일을 찾아 분분히 자리를 벗어났다.

이미 귀족파의 특사를 맞이하는 것은 물 건너간 상황. 굳이 여기 있어야 할 이유는 없었다. 그 시간에 검이라도 한 번 더 휘두르는 것이 더 도움이 될 테니까.

카이론은 고개를 돌려 하늘을 바라봤다.

시리도록 푸른 하늘이 그의 눈동자 속으로 빨려 들었다. 그리고 이내 다시 걸음을 옮겼다. 그가 향하는 곳은 캐슬린 맥그로우의 집무실 겸 처소였다. 그가 그녀의 집무실에 다가갔을 때 마침 요제프가 문을 닫고 나오고 있었다.

"어떤가?"

"이제 조금 안정을 찾으신 것 같습니다."

"봐도 되겠나?"

"상관없습니다."

끄덕.

달칵.

요제프가 문을 열었다. 빛이 가득한 집무실 내부가 보였다. 캐슬린은 밝은 빛이 들어오는 창문을 등진 채 의자에 기대 고개를 들어 집무실의 천장을 바라보고 있었다. 문이 열리는 소리를 들었음에도 그녀는 시선을 거두지 않았다.

카이론은 그런 그녀의 책상 앞으로 다가갔다.

"괜찮나?"

카이론을 목소리가 들려오자 천장을 바라보던 캐슬린은 비로소 고개를 거두고 카이론을 바라봤다. 그녀의 눈가에는 물기가 마른 흔적 두 줄기가 존재했다. 그를 바라본 캐슬린의 두 눈에는 다시 눈물이 맺혔고, 또르르 한 방울 흘러 내렸다.

카이론은 손을 들어 올리다 멈칫했다. 하나 이내 손을 들어 그녀의 흘러내리는 눈물을 닦아 줬다. 그때 캐슬린은 손을 들어 그의 손을 감쌌다.

"잠시만. 잠시만 이대로 있었으면 좋겠습니다."

"……"

카이론은 아무런 말이 없었다. 투박하기 그지없는 자신의 손이었다. 그 손에 따뜻하고 포근한 온기가 전해져 오고 있었다. 그녀에게 손을 잡힌 카이론은 손바닥을 펴 그녀의 볼을 감쌌고, 엄지로 아직도 흘러내리는 그녀의 눈물을 닦아 주었다.

"마지막 눈물이 되었으면 좋겠군."

"마지막… 눈물이 될 것입니다."

카이론의 남은 하나의 손이 그녀의 볼을 감쌌다. 카이론의 시선과 캐슬린의 시선이 부딪혔고 카이론의 입술이 캐슬린의 이마에 부드럽게 닿았다. 잠시 캐슬린의 이마에 머문 그의 입술이 서서히 떨어져 나오며 그의 시선이 그녀를 향했다.

그의 입매에 따스한 웃음이 그려졌다. 그와 닮은 웃음이 그녀의 입가에도 그려졌다. 너무나도 자연스러운 행동이었다. 카이론은 그녀의 얼굴을 다시 한 번 쓰다듬은 후 허리를 폈다.

"눈물을 흘릴 시간이 없을 것이다."

그리고 신형을 돌려 세우고 그녀의 집무실을 벗어났다. 그의 그 모습을 멍하게 바라보는 캐슬린. 그녀는 자신의 이마에 아직도 남아 있는 카이론의 진한 향기를 어루만졌다.

"묘하기도 하고 난해하기도 하군요. 이 감정이 무엇인지."

지금 느끼는 감정. 무엇일까? 분명 그와 자신은 감정을 교

류했음에도 갑작스럽게 지금의 감정이 당황스럽기 그지없었다. 하지만 나쁘지 않았다. 아니 오히려 지금의 감정이 더 기꺼웠다.

포근하고 설레는 느낌. 한참 동안 의자에 상체를 묻고 멍하게 있던 그녀가 자리에서 느릿하게 몸을 일으켜 세웠다. 그리고 한쪽에 마련된 무기 거치대에서 자시의 애검인 클레이모어를 집어 들었다.

묵직하게 전해져 옴과 손아귀에 착 감겨 오는 느낌이 무척이나 따뜻하게 느껴졌다. 그녀는 클레이모어를 집어 들고 집무실을 나섰다. 그녀가 집무실을 나서자 집무실 앞에서 요제프가 그녀를 반겨줬다.

그녀가 나오자 요제프는 그녀의 등 뒤로 돌아가 그녀에게 안은 붉은색, 밖은 검은색으로 되어 있는 망토를 걸쳐 주었다.

"어디로 가시겠습니까?"

"병사들의 훈련장으로."

"모시겠습니다."

그녀의 뒤에 서는 요제프. 그의 얼굴에는 숨길 수 없는 기쁨이 드러나 있었다. 자신이 생각하는 그런 주군으로 돌아왔다. 이보다 기쁜 일이 어디 있겠는가?

'고맙습니다.'

순간 그는 카이론을 향해 감사를 표했다.

캐슬린이 당당하게 앞장서고, 요제프가 든든하게 뒤에 서며 그녀가 맡은 병사들을 훈련시키기 위해 걸음을 옮겼다.

*   *   *

슈화아악!

기이한 소리와 함께 밝은 빛이 터지며 그 빛 속에서 한 명의 인영이 모습을 드러냈다. 그 인연은 다름 아닌 바로 알프레드 슐리펜이었다. 모습을 드러낸 슐리펜은 주변을 살펴보며 당연하다는 듯이 고개를 끄덕였다.

"오랜만인데 변한 것은 없군."

이곳은 국왕의 침소와 연결된 그와 국왕만이 아는 비밀 공간이었다. 그가 발걸음을 옮기자 그의 걸음을 따라 빛이 들어왔고, 그가 가는 앞길을 밝혀 주었다. 그가 걸어가는 것이 아니라 빛이 밝혀주는 길을 따라 걸음을 옮기는 것 같다는 생각이 들었다.

그는 한참 동안 빛을 따라 걸음을 옮겼고, 마침내 어느 한 지점에 도착했고, 칙칙한 검은색의 거대한 석문 앞에 섰다. 그는 자연스럽게 석문 옆의 몇 군데를 짚었고, 석문은 잠깐 흔들리더니 육중한 소리를 내며 길을 열었다.

그그그극!

그가 석문 안으로 발을 디디자 사방에 걸려 있던 횃불에 일제히 불이 붙어 어두운 실내를 밝혔다.

그 중심에는 돌로 된 탁자와 의자가 있었다. 주변으로 돌로 만들어진 책장이 있었고… 모든 것이 돌로 이루어졌다.

그 속에는 작은 연못도 있었고, 돌로 만들어진 작은 정원까지 있었다. 그는 그런 공간을 한 번 쓰윽 훑어본 후 어느 한쪽으로 다가가 또다시 무언가가 조작했다. 그리고 어떤 반응을 기다리지 않고, 돌로 된 탁자 옆으로 다가가 이미 마련된 찻주전자에 물을 붓고 끓였다.

그리고 물이 다 끓고, 찻잔에 차를 담을 시점에서 미세한 소음이 들려오며 한 명의 노쇠한 인영이 그곳으로 모습을 드러냈다. 그는 다름 아닌 카테인 왕국의 현 국왕이었다.

"오셨군요."

"그래. 오랜만이로군."

목이 쉰 듯 쉿소리가 흘러나왔다. 카테인 왕국의 국왕은 삐쩍 말라 있었다. 얼굴에는 검버섯이 피어 있었고, 길게 기른 수염은 탄력을 잃고 메마른 풀과 같았다.

"드시지요. 원기를 보해주는 차입니다."

"허허. 죽을 날을 앞두고 원기를 보해주는 차라……."

그러면서도 카테인 국왕은 차를 조심스럽게, 혹은 힘들게 들어 올려 입가로 가져갔다. 찻잔을 든 그의 손은 미세하게 떨리고 있었다. 그동안 그가 겪었던 심적인 고통이 결코 가볍지 않음을 알려주는 단면이라 할 것이었다.

한동안 그들은 차만 마셨다. 어떤 대화도 없이 말이다. 그러다 마지막 한 모금까지 들이킨 카테인 국왕이 찻잔을 내려놓으며 먼저 입을 열었다.

딸깍!

"일은… 어떻게 되어가나."

"상황이 많이 무르익었습니다."

"그렇겠지. 자네가 이곳으로 나를 불렀으면 무언가 결심할 때이겠지."

"전하의 칙서가 필요합니다."

"나의 칙서라… 벌써 그렇게 성장했나?"

"그는 이미 완성되었던 모양입니다. 지금 이것도 많이 늦은 듯싶은 느낌이 듭니다."

"허어~ 그 정도였던가?"

"그렇습니다."

그러면서 슐리펜은 찻주전자를 들어 국왕 앞에 놓인 찻잔에 차를 따랐다.

쪼르르륵!

차가 떨어지는 소리가 들려왔다. 그 모습을 물끄러미 바라보는 국왕.

"다른 왕자들은 가망이 없던가?"

국왕은 슐리펜에게 물었다.

"그들은 귀족들을 등에 업고 있습니다. 그들 스스로의 세력이 아닌 바에야 결국 그들에게 조종될 것입니다. 그럴 바에는 차라리 새로운 인물이 필요합니다."

"그 새로운 인물이 카이론 에라크루네스인가?"

"그렇습니다."

"어떤 면에서?"

국왕은 다시 돌다리를 두드렸다.

조심해야 했다. 자신과 같은 전철을 밟아서는 아니 되었다. 이 시도마저 실패한다면 카테인 왕국은 이 세상이 존재하지 않을 것이기 때문이었다.

"그는 가문의 적자입니다. 어떤 세력이나 귀족도 그를 주목하지 않은 상황에서, 수많은 생명의 위협 속에서 자신만의 세력을 일궈냈습니다. 그는 홀로 자신에 대한 도전을 견뎌냈고, 남부를 자신의 휘하에 두었습니다."

"들어서 알고 있네. 하지만 너무 급진적이지 않은가 하네."

카테인 국왕의 말에 알프레드 슐리펜은 피식 웃어보였다. 괜한 노파심이라는 것을 느꼈기 때문이었다. 이미 국왕도 마음속에서는 그를 인정하고 있었다. 하지만 온전하게 그를 인정하고 싶지는 않은 것이었다.

자신의 세 왕자에게 일말의 희망을 걸어보고 싶은 아비로서의 욕망이었다.

"그렇게 하지 않으면 바뀌지 않을 귀족들이라는 것을 아시지 않습니까?"

"알지, 알아. 너무 잘 알아서 문제지."

"미련을 버리십시오. 이 왕국을 존속시키고자 한다면 미련을 버릴 수밖에 없습니다."

슐리펜의 직설적인 말에 카테인의 국왕은 침울하게 굳은 얼굴로 고개를 끄덕였다. 그리고 말을 잃어버린 듯 자신의 앞에 놓인 차를 멍하게 바라보다 힘겹게 찻잔을 잡아 가늘게 떨리는 손으로 찻잔을 입에 가져갔다.

후르르륵!

소리 나게 차를 마시는 카테인의 국왕. 귀족의 예법에 있어 무엇을 먹고 마심에 소리를 내는 것은 예의에 어긋난다. 평생 동안 귀족 예법을 실천해 온 카테인의 국왕이었다. 그런데 그 모든 것을 무너뜨리고 소리를 내어 차를 마시고 있었다.

아마도 그의 심경이 신경질적으로 들이켜는 찻물처럼 쓰고 귀찮아졌는지 모른다. 모든 것을 벗어 던지고 싶은 마음을 차를 마시는 소리에서 드러내는지 몰랐다.

"과인도 사람인지라 미련이 남는군. 하나 어차피 이미 모든 것은 돌이킬 수 없는 법. 그대를 믿을 수밖에."

마치 이제는 모든 것이 끝났다는 듯이 입을 여는 그였다. 그런 카테인 국왕의 모습을 보며 고개를 끄덕이는 알프레드 슐리펜. 그러다 불현듯 알프레드 슐리펜은 자리에서 일어나 돌로 만들어진 탁자에서 물러나 카테인의 국왕을 향해 오체투지를 했다.

"결단에 부끄럽지 않은 선택이 될 것입니다."

"고맙군."

알프레드 슐리펜은 알고 있었다. 이 순간 이후로 카테인 왕국의 국왕을 다시 볼 수는 없다는 것을 말이다. 그는 그동안 끌어 왔던 모든 것을 끝을 내고자 함이었다. 그는 머리에 쓰고 있던 왕관을 벗었고, 군주의 홀을 석탁에 내려놓았으며, 무겁게 그를 짓누르고 있던 소담스럽고 화려한 망토를 벗었다.

그와 함께 허공에는 녹색의 크리스탈이 빛나기 시작했고, 카테인 국왕은 노쇠하지만 여전히 위엄을 잃지 않은 목소리로 입을 열었다.

"과인 카테인 왕국의 27대 국왕 라파예트 코시아누 폰 카테이누스는 국왕의 상징이자 왕국의 모든 귀족을 휘하에 둘 수 있는 국왕의 지혜, 가네샤의 왕관과 왕국의 모든 무력을 통솔할 수 있는 군주의 홀, 그리고 왕국의 모든 백성을 보살 필 수 있는 가이아의 망토를 카테인 왕국의 제28대 국왕 카이 론 에라크루네스에게 전하노라."

그러고는 잠시 말을 멈췄다. 그의 눈가는 촉촉하게 젖어가 고 있었으며 미세한 떨림이 전해졌다.

그러기를 잠깐. 그는 숨을 깊이 들이 쉰 후 다시 위엄서린 목소리로 입을 열었다.

"카이론 에라크루네스를 정식으로 카테인 왕국의 국왕으 로 인정함과 동시에 그에게 '폰 카테이누스'라는 라스트 네 임을 부여하노라."

모든 것이 끝이 났다.

"허허허. 이리도 가뿐한 것을. 나에게는 너무 무거운 짐이 었던 것을."

그러면서 그는 허허롭게 웃었다. 허공을 수놓았던 녹색의 휘황찬란한 불빛이 사라졌다. 알프레드 슐리펜은 오체투지 했 던 몸을 일으켜 석탁 위에 벗어 놓은, 국왕임을 증명하는 3대 지보를 조심스럽게 수습했다.

그 모습을 물끄러미 바라보며 이미 식어버린 차를 마시는 카테인 왕국의 전대 국왕. 그러는 동안 알프레드 슐리펜은 3대 지보를 모두 수습했다. 그리고 무심하게 앉아 있는 카테인 왕 국의 전대 국왕을 향해 길게 읍을 했다.

"카테인 왕국은 영원할 것입니다."

알프레드 슐리펜은 허리를 펴지 않은 채 뒷걸음질로 그 은밀한 석실을 벗어났다. 모든 것을 벗고, 이제는 평범한 늙고 노쇠한 늙은이로 돌아온 카테인 전 국왕. 그는 이미 비어버린 찻잔을 빙글빙글 돌리면서 물끄러미 찻잔을 바라보았다.

그러다 품속에서 무언가 꺼내 찻주전자에 집어넣고, 찻주전자를 빙글빙글 돌렸다. 마치 잘 녹아들라는 듯이 말이다. 그리고는 빈 찻잔에 찻물을 따랐다.

쪼르르륵!

식어버린 찻물이 흘러내렸다. 맑고 투명하다.

찻잔을 채운 액체를 말없이 바라보던 카테인 전 국왕은 오른손으로 찻잔을 들고 왼손으로 찻잔 받쳐 조금씩 그 맛을 음미하면서 마셨고, 마침내 찻잔에 있는 찻물을 모두 마셨다.

탁!

"제왕의 목숨은 오로지 제왕만이 거둘 수 있는 법이지."

주르륵!

그의 다문 입술을 뚫고 한줄기 검붉은 핏물이 흘러내렸다.

"크흐음."

하나 그는 입을 열지 않았다. 얼굴은 백색의 대리석처럼 희게 변해갔고, 번들번들한 땀이 그의 얼굴 전체를 물들였다.

"카테인을 부탁……"

하지만 결국 말을 끝맺지 못하고 그대로 석탁에 고개를 처박는 카테인 전 국왕이었다.

토르르륵! 투두두둑!

그 충격에 찻잔이 흔들리며 자리를 벗어나 데구르르 굴러 석탁 아래로 떨어져 내렸고, 찻주전자 역시 그의 얼굴에 부딪히며 뚜껑이 열린 채 나동그라졌다. 뚜껑이 열린 찻주전자에서는 투명하게 맑은 찻물이 느릿하게 흘러나왔다.

후우우웅!

어디에선가 바람이 불어왔고, 석실 내부를 환하게 밝히고 있던 횃불이 모두 그 빛을 잃고 사그라졌으며, 이 비밀의 석실은 다시 깊고 깊은 어둠 속에 스며들었다.

그그그극.

문이 닫혔다. 문이 닫히는 그 순간 알프레드는 비밀 통로의 천장을 바라봤다. 울퉁불퉁하게 깎인 곳. 간혹 물방울이 흘러내리기도 했다. 마법적으로 충분히 건조하게 만들 수 있었으나 그리하기에는 시간이 너무 촉박했다.

그가 동굴의 천장을 한참 바라보고 있을 때 그의 귓가로 돌로 만든 찻잔과 주전자가 나뒹구는 소리가 들려왔다. 이미 인간의 영역을 벗어난 그의 귓가로 들려오지 않을 수 없었던 것이다. 그에 알프레드는 씁쓸한 미소를 떠올릴 수밖에 없었다.

"잘 가십시오. 카테인 왕국은 다시 과거의 성세를 이어갈 것입니다. 워프!"

그가 있던 자리에 빛이 터져 나왔다. 비밀 통로는 다시 적막이 감돌았다. 그리고 그가 다시 모습을 드러낸 곳은 왕도 빈민가의 깊숙한 곳이었다. 그러다 그의 얼굴이 서서히 변해가기 시작했다.

그러더니 날카로운 눈초리를 가진 중년인으로 변해 있었다. 얼굴을 바꾼 그는 서슴없이 악취 나는 빈민가로 걸음을 옮겼다. 빈민가와 전혀 어울리지 않는 옷차림 때문인지 몰라도 그에게 접근하려 하는 이들은 없었다.

그는 허름한 어느 천막 앞에서 걸음을 멈춰 세웠다. 한참을 그 천막을 바라보던 알프레드는 묵직하게 입을 열었다.

"클라인 마티아스. 골드 드래곤 칼리타고르가 왔다."

그 말을 내뱉은 후 그저 자리에 우두커니 서 있었다. 한참이 지나서 이리저리 찢어진 천막에서 긴 손톱과 땟국물이 줄줄 흐르는 손이 힘겹게 천막을 걷어냈다. 퀭한 눈동자, 듬성듬성 빠진 이빨, 지저분하게 다듬지 않은 회색 머리카락과 수염까지.

옷이라기보다는 넝마를 걸쳤다고 해도 과언이 아니었다. 초점이 없는 눈동자. 그 눈을 들어 알프레드를 바라보았다. 그러다 점점 눈동자에 초점이 맺히기 시작했다. 그리고 마침내 시리도록 푸른 눈동자가 뚜렷하게 자리 잡았다.

"흐아아아~"

그 순간 그 자의 입에서 알 수 없는 소리가 흘러 나왔다.

그리고.

우득! 우드득! 우드득!

뼈가 부러지는 듯한 소리가 들려왔다. 그리고 늙고 추레하며 병에 찌든 모습이 아닌 날카롭고 강건한 모습으로 돌아오고 있었다. 또한, 어느새 알프레드의 주변에는 그와 비슷한 모습의 인물들이 마치 포위하듯 둘러싸고 있었다.

"어떻게 나를 알고 있지?"

마치 올바른 답을 하지 않으면 바로 죽이겠다는 살기까지 내비치는 클라인 마티아스였다. 그런 그를 바라보며 냉혹하게 변한 알프레드의 얼굴에 진득한 미소가 떠올랐다.

"클라인 마티아스라는 것을 인정하나?"

"살아 돌아갈 수 있다고 생각하나?"

알프레드의 물음에 답을 할 생각조차 없다는 듯이 물어보는 클라인.

"글쎄~ 그것은 해봐야 아는 것 아닌가?"

"나를, 이곳을 어찌 알았는지 모르겠으나 분명한 것은 네놈이 살아갈 가능성은 없다는 거지."

"저들을 믿고 하는 말인가?"

"아니! 나는 나 자신만 믿는다."

슈캬!

그 순간 클라인의 손이 움직였다. 뻔히 눈으로 보고도 피할 수 없는 전격적인 공격이었다.

턱!

절대 피할 수 없을 것이라 예상했던 클라인의 공격을 너무나도 쉽게 막아내는 알프레드. 그에 클라인을 비롯한 그를 둘러싼 이들의 눈동자가 커졌다. 불시의 기습이라고는 하지만 절대 아무렇지도 않게 막아낼 수 있는 수준의 공격이 아님을 알기에.

"어떻게?"

불신의 말이 튀어나왔다. 그때 날카로운 비수를 들고 있던 알프레드의 얼굴에 미소가 떠오르며 변해가기 시작했다.

스스스슷!

그의 변해가는 얼굴을 본 클라인은 두 눈이 동그랗게 떠지며, 허물어지듯 무릎을 꿇었다.

"다크 드래곤의 수장 클라인 마티아스가 지혜의 빛 골드 드래곤 칼리타고르를 뵙습니다."

그가 외치자 알프레드를 둘러싼 모든 이들이 무릎을 꿇었다. 이것은 암호였다. 만약을 위해 대비했던 알프레드만의 비선 세력이라 할 수 있었다. 어둠 속에 숨었기에 그들을 다크 드래곤이라 칭했고, 그들을 이끌어 줄 자신을 골드 드래곤이라 칭했던 것이다.

"이제 다크 드래곤의 허물을 벗고 빛으로 나올 때이다. 글로리어스 팔리딘이여."

"오~ 드, 드디어……."

그러했다. 지루하고도 지루한 그들의 기다림이 이제야 끝을 보는 순간이었다.

"동료를 모으라."

"로드의 명을 따릅니다."

알프레드가 만든 비선 세력. 그는 이들의 로드였다. 드래곤의 로드가 아닌 자신이 이룩한 비선 세력의 로드 말이다.

*　　　*　　　*

카이론의 자신의 앞에 놓인 세 개의 보물을 바라보았다. 국왕임을 증명하는 것. 가네샤의 왕관과 군주의 홀 그리고 가이아의 망토. 그 모든 것이 자신의 앞에 놓여 있었다.

"카테인 왕국의 국왕에 오르소서."

누군가 외쳤다.

"오르소서!"

그에 이 대회의실에 모인 모든 귀족들과 기사들이 한목소리로 후렴했다.

"……."

카이론은 침묵했다. 그에 다시 누군가가 외쳤다.

"부디 왕좌에 오르시어 위기에 처한 왕국을 구해주소서!"

"구해주소서!"

"……."

그럼에도 카이론은 묵묵부답이었다. 그의 시선은 여전히 세 가지 보물에 향해 있었다.

"온 백성과 귀족과 기사들의 원이옵니다. 국왕에 오르소서!"

"오르소서!"

"나는……."

세 번째에 이르러 카이론은 조용히 입을 열었다. 그에 모든 귀족들과 기사들은 숨을 죽였다.

"카테인 왕국의 제28대 국왕의 소임을 받아들일 것이며, 선왕 전하의 명에 따라 '폰 카테이누스'의 라스트 네임을 승낙하나라."

"만세! 만만세!"

"추우웅!"

그가 비로소 승낙했다. 그에 귀족들과 기사들은 만세를 불렀고, 충성을 외쳤다. 카이론은 손을 들어 그들을 조용히 시킨 후 다시 입을 열었다.

"3대 개국공신 가문을 복권시키고 공작의 위를 내리며, 라마나 마하리쉬, 도리안 예이츠 백작과 프랭크 맥그래스 백작을 후작의 위에 임명하며, 아프리카누스 공작을 재상에, 마하리쉬 후작을 국왕 직속 감찰단장 및 군 참모장에 임명하는 바이다."

"추우웅!"

카이론은 이미 지금 상황을 예측이라도 하고 있었다는 듯이 막힘없이 지시를 내리기 시작했다.

"시그리드 삼왕자와 귀족파의 수장인 르위스 공작과 안드레아스 일왕자와 군부의 수장인 블라드 유린 후작. 그리고 다니엘 이왕자와 재상에게 전하라."

"명을 받드옵니다."

"따르라. 따르지 않으면 반역자로서 그 죄를 물을 것이다."

"국왕 전하의 뜻대로 이루어질 것입니다."

모두가 머리를 조아렸다. 이제 카이론은 카테인 왕국의 국왕이었기에. 정통성과 명분까지 모두가 갖춘 그였으니까.

"또한 나파즈 왕국에 전하라."

"명을 받드옵니다."

"아국의 내전은 아국의 힘으로 정리할 것이니 이 시간 이

후 아국의 영토에 단 한 명의 나파즈 왕국의 병사가 발을 딛는다면 이는 바로 침략 행위에 해당함에 아국의 외교력을 총동원하여 불법적인 침략 행위를 성토하겠노라고."

"국왕 전하의 뜻대로 이루어질 것입니다."

정식적으로 카테인 왕국의 국왕에 오른 카이론의 공식적인 발언이었다. 이에 나파즈 왕국은 결국 명분을 잃어버릴 수밖에 없었다. 국가 간의 전쟁에서는 반드시 명분이 필요했다. 명분 없는 전쟁은 국제 사회에서 성토될 수밖에 없었다.

이전에는 재상의 요청이라는 명분이 있었다. 당연히 불만스럽지만 그 누구에게도 요청받지 못한 타 왕국은 아니꼽지만 지켜보아야만 했다.

명분이 없으니. 다만 그 병력을 두고 왈가왈부할 뿐이었다. 한데 이제는 아니었다. 카테인 왕국의 국왕이 공식적으로 천명했다.

도움은 필요 없다!

그가 그리 말했으니 새로 재상으로 인선된 스키피오 아프리카누스 공작의 지휘 아래 나파즈 왕국으로 사신이 떠날 것이었다.

굳이 카이론이 지정할 필요는 없었다. 그는 큰 그림을 그려줄 뿐. 세부 사항은 그들에게 맡기면 되었다. 국왕은 그런 존재라 할 수 있었다. 국왕이 직접 나설 필요는 없었다. 하지만 왕국을 안정시키기 위해서 카이론은 직접 나설 수밖에 없었다.

그에게 카테인 왕국의 국왕임을 인정하는 전대 국왕의 마법 영상과 세 가지 보물. 즉, 가네샤의 왕관과 군주의 홀, 가이아의 망토. 그리고 개국 인장이 모두 그의 손에 있었고, 삼대 개국공신 가문이 그에게로 돌아왔다.

현자의 가문인 스키피오 아프리카누스가 재상으로 복귀했고, 수호의 가문인 캐슬린 맥그래스가 근위 기사단장으로 돌아왔다. 그리고 왕국의 검이라 불리는 슐리펜 가문 역시 마법 병단의 병단장으로 복귀했다.

비록 중앙과 북부는 내전에 돌입해 온전한 왕국을 물려받지는 못했지만 어쨌든 그는 이 카테인 왕국의 국왕이었다.

"왕국 전체에 선포하라! 새로운 시대가 도래했다고."

"추우웅!"

그리고 카이론은 자리에서 일어나 대회의실을 벗어났다. 그가 사라지자 모든 시선을 다시 재상인 아프리카누스 공작에게로 향했다.

"마르탄 카플루스 자작을 백작으로 승작시키며 군부의 수장인 블라드 유린 후작에게 사신으로 보낸다. 아서 웰레스 웰링턴을 백작으로 복권시키며, 귀족파의 수장인 플렉스 르위스 공작에게 사신으로 보낸다."

"명을 받듭니다."

일사천리였다. 마치 이 상황을 예상이나 하고 있었다는 듯이 말이다. 그리고 그의 지시는 아직 끝나지 않았다.

"나파즈 왕국의 로손힐 출신인 앨런 튜링을 백작으로 승작시키며, 남부의 가이란 지역을 튜링 백작의 영지로 하사하고 나파즈 왕국에게 아국의 의지를 담은 서신을 전할 특별 사신으로 임명하는 바이다. 그를 호위할 기사는 뮬린 쇼펜하우저 자작을 임명한다."

나파즈 왕국으로 갈 특별 사신단으로는 알카트라즈 감옥에 수감되었던 나파즈 왕국의 인물들로 채워졌다. 그들은 나파즈 왕국의 귀족을 버렸다. 이제 나파즈 왕국의 사람이 아닌 오로지 카테인 왕국의 사람이고 귀족이었던 것이다.

그들의 회의는 무려 하루 동안 지속되었다. 남는 사람도 있었고, 서둘러 떠나는 사람도 있었다. 각자의 임무를 부여받고, 그 임무를 수행하기 위해 빠르게 움직였다. 물론 빠르게 움직인다고 해서 사신단이 바로 출발할 수 있는 것은 절대 아니었다.

지금부터 준비한다 해도 빨라도 일주일이었다. 지금과 같은 일은 빠르면 빠를수록 좋았다. 그리고 그들과는 별도로 움직이는 이가 있었으니 바로 라마나 마하리쉬와 알프레드 슐리펜이었다.

"이겁니다."

라마나가 알프레드에게 양피지 하나를 보여주었다. 그것을 받아든 알프레드는 처음부터 끝까지 읽어 내렸고, 몇몇 부분을 지적하면서 즉석에서 수정했다. 그들이 지금 심사숙고하고 있는 것은 공고문이었다.

카테인 왕국 전체에 붙여질 새로운 국왕으로부터 전해지는 공고문 말이다.

그 공고문을 붙일 이들은 이미 준비되었다. 바로 알프레드의 비선 세력으로 다크 드래곤에서 글리어스 팔라딘으로 재탄생한 이들이었다.

제7장

모여드는 사람들

콰앙!

"크흐윽!"

한 명의 사내가 튕기듯이 물러나며 검붉은 핏물이 허공을 수놓았다.

"병신 새끼가 어디에서 술주정이야?"

"크큭! 너 이 새끼. 내가 누군 줄 아라? 나 9특전여단 작전참모야. 이 새끼들아⋯⋯."

"네놈의 새끼가 작전참모면 난 여단장이다."

콰직!

"큭큭……."

험상궂게 생긴 사내가 바닥에 쓰러져 일어서기 위해 안간힘을 쓰는 자를 정신없이 밟아대기 시작했다. 바닥에 쓰러진 자는 충격을 완화하기 위해서 잔뜩 웅크린 채 그 사내의 발길질을 모두 감당하고 있었다.

한참을 그렇게 일방적으로 웅크린 사내를 짓밟던 사내는 조금은 지쳤는지 거친 숨을 내쉬었다.

"헉헉. 이 새끼, 술주정뱅이 주제에 맷집은 더럽게 좋네!"

"크흐흐. 조나선이 지칠 때가 다 있군."

술집 주인이 컵을 마른 헝겊으로 닦아내며 그 광경이 매우 우습다는 듯이 입을 열었다. 하긴 그랬다. 저기서 몸도 제대로 가누지 못하고 두들겨 맞는 사람은 1년 365일 매일 이곳을 찾는다.

그리고 매일 술이 쩔어 살았다. 하지만 단 한 번도 술값을 밀린 적은 없었다. 술주정뱅이라고 하지만 이 술집에서 없어서는 안 될 중요한 손님인 것이다. 그런데 언제부턴가 술 마시는 사람들과 시비가 붙기 시작했다.

처음에는 시끄러운 것이 싫어 쫓아내기도 하고 했지만 저 사내는 막무가내였다. 자신이 9특전여단의 중령이라는 둥, 작전참모라는 둥 혹은 명예를 저버렸다는 둥의 믿지도 못할 말을 횡설수설하고 가만히 술을 마시는 사람과 시비가 붙는다.

하지만 몸도 가누지 못할 정도로 만취된 사람이 어찌 정정한 장정을 이길 수 있을까? 두드려 맞았다. 코가 부러지고 눈이 시퍼렇게 멍들었다. 하지만 그 사내는 다음 날에도 술집에 찾아와 술에 취했고, 또 시비가 붙었고 또 쫓겨났다.

그러면 그 사내는 술집 밖에서 고래고래 고함을 치면서 군가를 부르곤 했다. 군가가 꽤나 절도 있는 것을 보니 군인이기는 군인이었던 모양이었다. 그런 날이 하루 이틀 반복되면서 이제는 이 술집의 명물이 되었다.

분풀이할 곳을 찾던 사람들이 그를 대상으로 분풀이를 하기 시작했다.

그는 언제나처럼 두들겨 맞았고, 입술이 찢어지고, 눈두덩이 시퍼렇게 멍들었다. 그래도 적당하게 맞아서인지 아니면 부러질 곳을 피해서 맞아서인지 부러지거나 상한 곳은 없어 보였다.

그런 것을 보면 상당히 신통하기도 했다. 하지만 그래봐야 술주정뱅이였다. 이제는 그 사내 때문에 술집의 매상이 오르니 언제부터인가 술값을 받지 않고 있었다. 대신 매값과 눈요깃감과 불만을 풀어주는 값으로 충분했다.

오늘도 마찬가지였다. 젊은 놈과 시비가 붙었고, 그는 두들겨 맞았다. 때리는 젊은 놈이 지쳐 제풀에 쓰러진 것이다. 그러면 그 술주정뱅이는 다시 일어나 술을 마시고 고래고래 소리치며 누군가에게 시비를 걸고, 또 두드려 맞는다.

이게 하루 종일 반복된다.

이젠 조금 지겹기도 했다.

나이 든 놈이 술 취해 젊은 놈들에게 맞는 것도 조금 안쓰러워 보이고 말이다. 술집 주인이 그런 생각을 하는 도중에 잔뜩 웅크리고 젊은 놈의 발길질을 받아내고 있던 사내가 몸을 일으켜 세웠다.

술에 쩔어 공허해 보이는 회색 눈동자와 덥수룩한 수염. 몇 날 며칠을 씻지 않았는지 악취가 나고 창백하기 그지없는 모습이었다.

그는 자리에서 일어나 엉금엉금 기어 테이블로 왔고 겨우 자리에 앉아 덜덜 떨리는 손으로 술잔을 잡아갔다.

그리고 독한 술을 단번에 입에 털어냈다.

탁!

멍하고 풀어진 눈동자가 술잔을 바라봤다.

"취했는데 이만 들어가지?"

"아지. 아직 안 치해써. 더 저. 더."

혀가 꼬이고 있었다. 어디 술 취한 사람이 자신이 취했다고 한 적이 있던가? 술집 주인은 그럴 줄 알았다는 듯이 피식 웃으며 그의 빈 술잔에 독하디독한 술을 따랐다.

'하긴 아직 초저녁이긴 하지.'

이자가 돌아가려면 자정이 훨씬 넘어서이다. 그런데 아직 7시밖에 안 됐으니 억지로 가라고 해도 가지 않을 자였다. 술 취한 와중에도 어찌나 힘이 센지 장정 두 명이 옮겨도 꿈쩍도 하지 않는다.

그렇게 맞으면서도 꿋꿋하게 술을 마시는 것을 보면 참으로 희한하다는 생각이 들기도 했다.

잔이 채워지니 덜덜 떨리는 손으로 잔을 들어 올려 입으로 가져간다. 마치 한 방울이라도 흘리면 안 된다는 듯이 말이다.

술집은 여전히 시끄러웠다. 싸우듯이 대화하는 사람도 있었고, 아는 놈이 돈을 빌려서 갚질 않는다는 둥, 혹은 마누라가 어떻고, 어느 집 자식이 누구와 결혼을 하네 하는 둥 쓸데없는 사건 사고에 열을 올리면서 말이다.

그런 와중 이 주정뱅이와 멀지 않은 곳에 앉아 있던 자가 술을 마시며 조용하게 입을 열었다.

술집에서 술을 마시는 자치고는 상당히 조용한 자였는데 그는 언제나 자신이 할 말만 했다.

그리고 그 말을 들어주는 몇 안 되는 이들과 항상 어울렸고 말이다.

"이번에 난 남부로 가볼까 해."

"아니 남부는 왜? 남부는 지금 전쟁 중이지 않나? 나파즈 왕국 놈들이 내전 중인 우리 왕국을 돕는답시고 30만이나 되는 병력으로 쳐들어 왔다고 하는데 말이야."

"아~ 이 친구 아직 먹통이구만?"

"먹통? 무슨 먹통?"

누구도 귀담아 듣지 않는 대화였다.

지금 이곳은 좋은 안줏거리가 넘쳐 나고 있었으니 말이다.

"그곳에서 새로운 왕이 탄생했다아~ 이 말이지."

"뭐? 그게 무슨 말인가?"

"뭐긴. 말 그대로 28대 왕이 그곳에서 나파즈 왕국을 막아내고 있다는 거지. 어제 성 중앙 광장에 가지 않았겠나? 그런데 벽에 공고문이 붙어 있더군."

"공고문? 무슨? 영주의?"

"아니. 28대 국왕인 카이론 에라크루네스 전하의 공고문."

"허어~ 카이론 에라크루네스? 전혀 들어보지 못했는데? 국왕 전하의 새로운 아들인 것인가?"

"아니라고 하더군."

"그럼?"

"원래는 국왕 전하의 명으로 남부를 침략한 나파즈 왕국의 병력을 1만의 병력으로 막아내라는 말도 안 되는 명을 받은 진압 사령관이었다고 하더군."

"허어~ 어찌 그런 일이……."

그때 덜덜 떨리는 손으로 술잔을 들어 올리던 술주정뱅이의 손이 그대로 멈춰 섰다.

바로 카이론 에라크루네스라는 이름이 들려왔을 때였다.

그런 술주정뱅이의 모습에 술집 주인은 무슨 일인가 하고 의문스럽게 그를 바라봤다.

술잔을 내려놓은 술주정뱅이는 방금 전 시끄러운 술집에서 조용하게 대화를 하고 있던 이들이 있는 쪽으로 다가갔다. 그에 술집 주인은 그러면 그렇지 하는 생각에 고개를 가로 저었다. 또 시비를 붙이러 가는 것이 분명해 보였다.

"바, 방금… 뭐, 뭐라고 했지?"

비척거리며 대화를 하고 있는 이들에게 다가간 주정뱅이가 목이 쉰 듯 물었다 그에 대화를 하고 있던 이들은 인상을 찌푸렸다. 그들도 익히 알고 있었다. 이 미친놈이 주정뱅이라는 것을 말이다.

"뭐야?"

"바, 방금 누구라고 했지? 말해! 말해 봐!"

"이 새끼가?"

짜증난다는 듯한 표정을 짓는 두 명의 사내. 그들의 표정은 결코 호의적이지 않았다. 그들이 말을 하지 않자 이 술주정뱅이는 자신의 앞에 있는 사내에게 와락 달려들었다.

퍼억!

"끄으윽! 마, 말해! 말하란 말이다. 누, 누구?"

"이 새끼가!"

사내는 화가 머리끝까지 났던지 발을 들어 주정뱅이를 마구 밟았다. 하지만 주정뱅이는 평소와 달랐다. 평소라면 아무 말도 하지 못하고 웅크리고만 있었을 터인데 이번에는 웅크리지도 않고, 손을 어지럽게 움직여 발을 막으면서 외쳤다.

"마, 말해 줘. 제발… 누구, 누구라고 했는지."

"이, 이런 씨발. 헉헉."

고작 술주정뱅이를 발로 밟다 지쳐 버린 사내였다.

"야야, 그냥 말해줘 버려라. 똥이 무서워서 피하냐?"

"에라이……! 카이론. 카이론 에라크루네스 국왕 전하시다."

사내는 그렇게 말을 하고 기분 잡쳤다는 듯이 술집 주인에게 돈을 던지듯 주고는 휑하니 주점을 벗어났다. 술집 주인은 뭐 상관없다는 표정이었다. 덕분에 꽉 찬 홀에 자리 하나 났으니 일석이조였다.

"어이! 길버트. 술 한잔해."

탁!

술주정뱅이의 이름은 길버트. 술집 주인은 어느새 그의 전용석 앞에 술잔을 올려놓았다. 그에 길버트는 비척비척 일어나서 술집 주인이 올려놓은 술잔을 들어 단숨에 들이켰다. 그리고 술잔을 소리 나게 내려놓은 후 길게 한숨을 내쉬었다.

"후아아아~"

그러고는 품속에 손을 집어넣고는 2골드를 꺼내 술집 주인 앞으로 던졌다.

"그동안 고마웠다."

전혀 다른 말이 그의 입에 튀어나오자 술집 주인은 무슨 말 인가? 하는 눈초리가 되었다.

그는 자리에서 일어섰다. 지금까지 술을 먹은 것 같지 않은 꼿꼿한 자세였다. 그가 술집의 문을 열고 나감에 술집 주인은 여전히 의아해한 채 그가 사라진 문 쪽을 보다 이내 관심 없 다는 듯이 술잔을 닦았다.

어차피 내일이면 다시 이곳에 보란 듯이 나타날 것이니 말 이다.

술집에서 나온 길버트는 아주 서서히 숨을 들이쉬고 서서 히 숨을 내쉬며 조심스럽게 한 걸음 한 걸음 옮겼다. 마치 무 슨 성스러운 의식을 하듯이 말이다.

그렇게 걸음을 내디딜 때마다 그의 모습은 조금씩 안정되 어 갔다. 가슴이 펴지고 허리가 꼿꼿해졌으며 흔들리던 걸음 걸이가 제 길을 찾고 흐릿했던 눈동자가 밝게 빛나기 시작했 다.

그렇게 주점에서 겨우 20~30분 정도 걸리는 집에 무려 1시간 30분 만에 도착했다. 그리고 집에 도착한 곧바로 무쇠로 만든 커다란 목욕통에 물을 붓고 불을 지폈다. 그는 몸에 걸친 넝마를 벗어던지고 펄펄 끓는 물속으로 발을 디뎠다.

"끄으음!"

화끈하게 전해져 오는 열기에 피부가 데일 듯했다. 그때 서늘한 무언가가 피부를 감싸기 시작했다.

발을 담그고, 다리를 담그고, 허리를 담그고, 가슴과 목까지 모두 펄펄 끓는 물속 깊이 담궜다. 심지어 숨을 깊이 들이쉰 후 머리 끝까지.

그러기를 1분.

"푸화아악!"

물 밖으로 고개를 내민 후 숨을 헐떡이는 길버트. 그러나 길버트는 멈추지 않았다. 물에 잠긴 시간이 2분이 되고, 4분이 되고, 8분이 되고, 마침내 1시간이 되었을 때 그는 끓는 물속에서 몸을 일으켜 세웠다.

술에 찌들었던 그의 몸이 단 한 시간 만에 정상으로 돌아가기 시작했다.

그는 물속에서 일어선 그대로 자신의 가문에만 전해져 오는 마나 호흡법을 실시했으며, 근 1년여 동안 몸속에 쌓여 있던 술을 배출해 내기 시작했다.

츠흐으웃!

마나 호흡을 실시하자 그의 전신에서는 코를 찌를 듯한 악취가 나며 진득한 검은 액체가 전신 모공을 통해서 밖으로 배출되기 시작했다.

처음에는 코나 귀에서만 흘러나오던 것이 마나 호흡을 하고 한 시간이 지난 후에는 전신을 뒤덮었고, 그 냄새가 너무 지독하여 벌레들마저 그로부터 멀어졌다.

"후우~"

마침내 호흡을 마친 그가 디시 거대한 무쇠 욕조의 물을 갈고, 물을 펄펄 끓이기 시작했다. 그리고 다시 그 물속으로 전신을 담근 후 무쇠 욕조 밖으로 나와서 마나 호흡을 반복했다. 그의 그런 행동은 몇 시간 동안이나 지속되었고, 마침내 태양이 얼굴을 내밀고 사방을 밝게 비출 때에서야 비로소 그 모든 행위를 종료시켰다.

그는 떠오르는 태양을 바라보며 입을 열었다.

"아직 멀었군."

그는 벌거벗은 그대로 방 안으로 들어섰고, 대충 만들어 놓은 침대를 옆으로 밀었다.

침대 바닥에 작은 문이 있었다. 그 안에는 상당한 부피를 자랑하는 상자가 있었고 길버트는 서슴없이 그 상자를 꺼내 들었다.

상자는 예의 낡은 자물쇠로 잠겨 있었다. 하나 본신의 힘을 어느 정도 회복한 길버트에게는 그리 큰 문제가 되지 않은 것처럼 보였다. 자물쇠를 잡더니 그대로 비틀어 버렸다.

투두둑!

마치 실처럼 투둑 끊어지는 자물쇠. 자물쇠를 힘으로 뜯어낸 길버트는 잠시 낡은 상자를 바라보기만 했다. 그러다 길게 숨을 내쉬더니 성스러운 의식을 하듯 조심스럽게 상자를 열기 시작했다.

상자를 열자 가장 위에 보이는 것이 있었다. 아직도 그 빛을 잃지 않은 검은색의 오거 가죽으로 만든 레더 메일이었다. 말이 레더 메일이지 그 강도는 풀 플레이트 메일을 능가함에 특수전을 주로 하는 군부대에서 사용하는 레더 메일이었다.

길버트의 투박한 손이 오거 레더 아머를 쓸었다. 레더 아머를 쓸다 한곳에서 멈췄는데 거기에는 선명하게 삼각형의 붉은색 수실에 노란색으로 9자가 쓰여져 있었다. 그는 오거 레더 메일을 펼쳤다.

펄럭!

오거 레더 메일의 우측에는 비표가 좌측에는 소속 부대의 깃발이 축소되어 음각되어 있었다.

'9군단 직할 제9특전여단'

비표와 깃발을 바라보는 길버트의 눈동자는 잘게 떨기 시작했다. 그는 아주 잠깐 과거를 생각했다.

그가 치욕으로 여기는 과거. 정당한 기사 간의 결투였음에도 불구하고 귀족들의 정치 놀음에 희생된 군인을 떠올렸다.

자신이 그토록 혐오하던 군인들의 정치적인 음모에 자신도 가담하고 협잡하여 장래가 촉망받는 한 명의 장교를 저 지옥 같은 알카트라즈로 보냈던 과거를 말이다. 그는 그 이후 그 자책감을 이기지 못해 스스로를 망가뜨렸다.

한 명의 전도유망한 장교를 협잡하는 대가로 대령까지 진급했다. 하지만 죄책감은 어찌할 수 없었다. 스스로를 망가뜨릴 수밖에 없었다.

그가 찾은 것은 바로 술이었다. 술이 없으면 아무것도 하지 못했다. 결국 6개월도 지나지 않아 권고 퇴역을 했다.

전직 대령으로서 모든 혜택을 누릴 수 있으니 나쁘지 않은 퇴역이라 할 수 있었다. 하지만 여전히 가슴 한쪽 구석을 무겁게 짓누르는 과거의 망령. 그런데 오늘 술집에서 과거의 망령을 다시 접했다.

그것도 알카트라즈의 망령이 아닌 이 위기에 처한 왕국의 국왕으로서 말이다. 그가 아는 한 카이론 에라크루네스라는 이름은 두 명이 없었다. 오직 한 명. 에라크루네스 가문의 차자이자 그 뛰어남에 주변으로부터 시기를 받고 사라져야 했던 인물.

그는 오거 레더 메일을 하나씩 하나씩 착용했다. 그리고 한쪽 벽면에 희뿌연 먼지와 함께 거미줄이 잔뜩 쳐져 있는 할버드를 꺼내 들었다. 실로 1년 반 만에 들어보는 자신의 애병이었다. 그는 조심스럽게 할버드의 먼지를 쓸어 내렸다.

할버드의 도끼날과 창날은 여전히 날카로움을 빛내고 있었다. 하지만 길버트는 그것이 마음에 들지 않은지 헝겊에 기름을 묻혀 도끼날과 창날을 조심스럽게 닦아 냈다. 더욱더 예리하게 변해가는 할버드.

근 한 시간이 지나서야 마음에 들었는지 할버드를 닦아 내는 일을 마친 그가 할버드를 등 뒤로 수납한 후 집을 나섰다. 그리고 집을 한 번 훑어 본 후 아직도 활활 타고 있는 장작 하나를 들어 집으로 던져 버렸다.

투타다닥! 활활!

나무로 만들어진 집이 불타기 시작했다. 그리고 불과 몇 분도 지나지 않아서 나무로 만들어진 집은 형체조차 제대로 남기지 않고 완벽하게 타 사라졌다. 길버트는 그 길로 마시장을 향했다.

"어? 누구… 설마 그 술주정뱅이?"

누군가 할버드를 등에 차고 오거 레더 메일을 걸친 그를 보며 의심스럽다는 듯이 입을 열었다. 이미 그는 이곳에서 유명했다. 비록 수염을 깎고, 과거와는 전혀 다른 모습이라고 하지만 1년여 동안 그를 지켜본 이들이 그를 못 알아볼 리가 없었다.

"전투마."

"그런 말이 이런 촌구석에 있을 리가……."

"10골드."

"그, 그래도……."

"100골드."

"이, 있지. 암! 있고말고."

마시장 주인장의 말에 길버트는 100골드가 든 가죽 주머니를 그에게 집어던졌다.

마시장 주인은 엉겁결에 가죽 주머니를 받아 들더니 길버트를 한 번 바라본 후 가죽 주머니를 열어보았고, 이내 놀란 눈동자가 되었다.

셀 수는 없지만 분명 100골드는 충분히 되어 보였다. 사실 100골드라는 말은 터무니없이 비싼 가격이었다. 보아하니 그 것을 모를 리 없을 것 같다는 생각에 마시장 주인은 슬그머니 몇 개의 골드를 꺼낸 후 슬쩍 가죽 주머니를 그에게 건넸다.

"말은?"

가죽 주머니를 받는 대신에 말의 존재를 묻는 길버트.

"그, 그야 당연히……."

그에 종업원 한 명이 말을 한 마리 끌고 왔다. 라운시 종이었다. 제일 일반적인 말이었지만 전투마로서는 부족함이 있었다. 그에 길버트가 살짝 눈살을 찌푸렸다. 그에 마시장 주인은 곧바로 고개를 끄덕였고, 종업원은 다른 말을 내왔다.

약간 늙은 전투마 코이저였다.

전투마로서 최고로 치는 것은 역시 데스트리에. 하지만 이런 시골에 데스트리에가 있을 리는 만무하고 라운시 종만 있어도 충분했다. 하지만 주인이 무언가 숨기는 것 같기에 인상을 찌푸린 것뿐인데 생각보다 괜찮은 전투마를 고를 수 있었다.

"괜찮군."

그 말을 한 후 말안장을 올린 후 가타부타 말도 없이 그대로 말을 몰아가는 길버트였다. 그런 길버트를 놀란 눈을 바라보는 마시장의 주인. 평소와 너무 다른 길버트였다. 언제나 술에 취해 횡설수설하는 모습은 온데간데없었고, 진짜 기사이자 귀족처럼 보이지 않는가?

마시장 주인의 시선을 뒤로한 채 길버트는 말을 몰아갔다.

그는 식사를 하는 시간을 제외하고는 언제 말 위에서 말을 몰아갈 뿐이었다. 그렇게 삼 일 밤낮을 달린 끝에 그가 도착한 곳은 월턴의 어느 작은 마을이었다.

그는 마을에 들어 선 후 바로 멈추지 않고 한 방향으로 이

동했다. 그가 도착한 곳은 이 근방에서 유일하다시피한 대장
간이었다.

"마르쿠스 베버!"

그는 말에서 훌쩍 뛰어내린 후 대장간 안을 향해 외쳤다.
그에 한참 무언가를 두드리고 있던 텁석부리의 사내가 고개
를 돌렸다. 그리고 눈을 크게 떴다.

"길버트!"

"그래 나다!"

"네가 왜 여길?"

"남부로 가고자 한다."

"남부?"

되묻는 마르쿠스. 무슨 말인지 몰라서였다.

"남부에 왕이 계시다."

"왕?"

"카이론 에라크루네스 폰 카테이누스 28대 국왕이시다."

"카이론 에라크루네스……."

그도 아는 이름이었다. 그 때문에 자신의 친우가 1년을 폐
인처럼 생활했고, 그 친구와 함께 자신 또한 강제로 퇴역을
해야만 했다. 아마도 자신들의 생각과 맞지 않은 이들을 모두
퇴역시켰을 게다.

대표적으로 제9특전여단의 참모 중에는 자신과 길버트, 전

대장급에서 1명, 팀장급에서 2명, 조장급에서 5명이 퇴직되었다. 완벽한 체질 개선이라 할 수 있었다. 귀족의 손을 들어주지 않았기에 퇴출당한 것이다.

"그에게 갈 것인가?"

"그가 아니라 왕이시네."

"……"

마르쿠스는 말없이 길버트를 바라봤다. 그러다 입을 열었다.

"나머지도 함께할 것인가?"

그의 물음에 의미심장한 웃음 지어보이는 길버트.

"그는 진정한 군인 아니던가? 나는 아직도 기억하네. 그 수많은 귀족 앞에서 당당하게 귀족들을 썩었다고 외치는 왕의 모습을 말이네."

"그때는… 조금 시원하기는 했지."

어느새 마르쿠스의 입가에도 길버트와 비슷한 색의 웃음이 떠올라 있었다.

"잠깐 기다리게."

그는 망치를 집어던지고 대장간 안으로 들어갔다. 그리고 대략 30분 정도의 시간이 지난 후 길버트와 똑같은 오거 레더 메일과 플레일을 들고 모습을 드러냈다. 그에 길버트의 얼굴에 살짝 웃음기가 머물렀다.

실로 1년여 만에 보는 그의 복장과 무기였다. 마르쿠스는 이내 대장간의 뒤로 돌아가 말을 끌고 나왔다. 군에 있을 때부터 같이한 말을 여전히 데리고 있었던 모양이었다.

"그놈도 오랜만에 보는군."

"이놈을 버릴 수는 없지."

"그렇군. 가지."

둘은 나란히 말을 몰아갔다. 그리고 가는 도중에 몇 군데를 더 들렀고, 몇 명의 인원이 더 붙어났다.

*　　　*　　　*

"흐흐흐. 중대장님이 돌아오셨더군."

"중대장님? 아니지 아니야. 이제는 국왕 전하시지."

"흐흐. 그런가? 어쨌든 돌아오셨어."

"그래. 그렇지."

"그래서 난 왕께 갈 것이야."

"그것이 가능하다고 생각하나?"

"불가능하겠지."

"그럼 어떻게?"

"탈영이지 뭐."

너무나도 간단하게 말을 하는 바람에 잠시 멍하게 그를 바라보는 자. 그러다 크게 웃어버렸다.

"크흐하하. 그거 좋은 방법이군."

대화를 나누고 있는 이들은 과거 카이론이 머물렀던 1중대원들이었다. 그들은 중대원이었다가 비수 진지를 성공적으로 확보한 전공으로 전원 특진을 해 제6여단의 특전대원이 되었다. 그러다 그들을 이끌던 카이론 에라크루네스가 귀족의 품위를 저해하는 행동을 함에 그 죄를 물어 알카트라즈는 현세의 지옥이라 일컬어지는 감옥에 갇힌 후 뿔뿔이 흩어졌다.

물론 그들의 직위는 모두 인정되었다. 특진하는 정도에 따라 하사, 중사, 상사까지 다양하게 분포한 그들은 그 지위를 그대로 인정받았다. 그들은 철저하게 견제받고 감시받았지만 그들을 감시하고 견제한 이들이 모르는 사실이 하나 있었다.

이들은 모두 같은 목걸이를 착용하고 있다는 것을 말이다. 그 목걸이는 카이론이 훈련을 하거나 전투를 벌일 때 독자적인 작전이 가능하도록 모든 중대원들에게 불출했던 통신 목걸이였다.

보기에는 그저 그런 목걸이겠으나 실제 그 기능은 실로 놀라울 정도.

덕분에 그들은 지난 1년여의 시간 동안에 평범한 병사, 혹은 그저 조금 실전에 강한 하사관에서 이제는 마나를 다룰 줄 아는 익스퍼트의 기사가 되어 있었다.

물론 그들이 마나를 다룰 줄 안다는 사실을 아는 이는 드문 정도가 아니라 아예 없었다. 그들은 철저하게 자신의 마나를 숨겼다. 이 통신 목걸이에는 몇 가지 기능이 있었는데 마나를 다루게 되면서 자연적으로 알게 되는 사실이었다.

마나를 숨겨주고 마나 호흡을 할 경우 그 효율을 높여주며, 원거리 통신이 가능하다는 것이었다. 그것으로 그들은 서로 에게 소식을 전했고, 자신이 알고 있는 사실을 알릴 수 있었다.

6특전여단 5전대원은 통신 목걸이의 숨은 기능을 공유할 수 있었고, 빠르게 성장했다. 그리고 남부의 사정과 군부의 동향을 누구보다 빠르게 감지할 수 있었다. 그때부터 그들은 준비하고 있었다.

자신들의 전대장이 돌아오기를 말이다.

그리고 자신들의 전대장이 진압 사령관이 되었음을 들었고, 저 무도한 나파즈 왕국의 병력을 일패도지시켰음도 알았다.

그래서 준비를 했다. 언제든지 그에게로 향할 준비를 말이다.

그가 자신들을 불러주든지 불러주지 않든지 그것은 중요

치 않았다. 자신들이 의지가 중요했다. 그리고 마침내 공문이 붙었다. 군부 세력과 귀족들은 보이는 족족 그 공문을 찢어버렸고, 소유하고 있는 것만으로도 엄청난 처벌을 내렸지만 이미 한 번 알려진 공문은 군부와 카테인 왕국을 뒤흔들기에 충분했다.

[나는 준비가 끝났다.]

그때 통신 목걸이에서 한 명의 목소리가 들려왔다.

"나 역시 준비가 끝났다."

[좋아! 일시는 명일 01시를 기해 시작한다.]

"집결지는?"

[죽음의 장벽. 무운을 빈다.]

"살아서 만나지."

다중 통신이 종료되었다. 그에 마이어 슈바르츠 상사는 자신이 통신용 목걸이를 만지작거렸다.

이제 갚아줄 때가 온 것이었다. 오만하고 아집으로 가득 찬 귀족들과 군인으로서의 본분을 잃고 권력의 노예가 되어버린 군부의 인물들에게 말이다.

그는 자신의 무기와 군장을 챙겼다.

자신이 군장은 마법 배낭이었다. 카이론 에라크루네스 전 대장이 자신들에게 준 마법 배낭. 공간 확장은 물론 경량화까지 걸려 있었다. 이 배낭 하나면 적어도 2년은 먹을 것을 공급하기 위해 산을 내려올 필요가 없었다.

다중 통신용 목걸이와 마법 배낭이 있는 한 자신의 계획은 완벽하게 성공할 것이다. 그는 기다렸다. 어차피 오늘은 비번 이었다. 이 부대에서 아무도 자신에게 임무를 맡기지 않는다. 또한, 그에게 감시의 눈길을 거두지 않는다.

하지만 아무런 동요 없이 1년이라는 시간을 보내는 동안 그 감시의 눈길은 점점 느슨해졌다. 그리고 마침내 오늘 자신 의 감시를 맡은 자의 종적이 느껴지지 않았다. 보나마나 어느 술집에서 여자를 끼고 술을 마시고 있을 것이다.

그놈에게 들어간 돈이 상당했지만 아깝지 않았다. 모두 오 늘을 위해 준비한 것이었다.

그는 아무렇지도 않게 BOQ를 나섰다.

그가 아무리 맡은 바 임무가 없다지만 명색이 상사였다. 상 사라면 마나를 다루지는 못하지만 검술이나 전장 경력이 발 군인 자들이 오를 수 있는 직책이기에 그를 보는 병사들은 재 깍 인사를 하지 않을 수 없었다.

그가 마치 산책을 하듯 움직이는 곳은 평소 그가 자주 사용 하는 산책로였다. 그 누구도 의심하지 않았다. 지난 1년 동안 눈이 오나 비가 오나 항상 가던 길이니까. 자신을 감시하는 자에게 명령을 받은 병사들조차 하품을 하며 졸린 눈을 비비 다 이내 고개를 떨궜다.

마나를 넓게 퍼뜨렸다. 사방에 감지되는 병사는 없었다. 아니, 자신을 감시하거나 움직이는 병사들이 없었다. 그에 미미하게 고개를 끄덕인 그는 갑자기 눈부시게 빠른 속도로 움직였다. 드디어 숨겨 두었던 마나를 활성화시킨 것이었다.

그는 6특전여단 5전대원들 중 발군의 실력자였다. 이미 중급에 이르렀으니까 말이다. 그런 그가 마나의 제약을 풀어버리자 어둠 속에서 그를 발견할 수 있는 인물은 없었다.

그렇게 산을 타고 이동한 지 하루 만에 그는 이미 부대의 작전 지역을 벗어났다.

사흘이 지나자 6군단 내에 비상이 걸렸다. 대규모 탈영이 발생한 것이었다. 한두 명도 아니고 무려 250여 명에 이르렀다. 그리고 병사도 아니고 사관들이었다. 첫날은 그럴 수도 있지 하고 넘어갔다.

하지만 이틀이 지나도 그들을 발견할 수 없음에 조심스럽게 주변을 수색했고, 그 어디에서도 그들의 종적을 발견할 수 없자 드디어 그들이 탈영했다는 것을 공식화했다. 그 시간이 무려 3일이 걸렸다.

만약 전시가 아니었다면 더 오랜 시간이 걸렸을지도 몰랐다. 하지만 지금은 전시였다. 군부는 중앙의 재상과 귀족파를 상대로 권력을 잡기 위해 내전을 치르고 있는 상태였다. 그래서 그나마 3일이라는 시간 만에 하사관들의 대규모 탈영을 잡아 낸 것이었다.

하지만 어디에도 그들의 종적은 찾기에는 힘들었다. 불과 3일이었지만 익스퍼트에 이른 250여 명의 하사관들은 이미 자취를 감춘 지 오래였다.

수색 지역을 확대할 수는 없었다.

북동부는 귀족파들이 점유하고 있었고, 중앙과 서부는 재상의 세력권이었다. 함부로 수색에 나섰다가는 무력 충돌이 일어날 수 있었고, 그러면 세 개의 세력이 안정을 찾아가는 와중에 다시 전쟁으로 돌입할 수 있었기 때문이었다.

때문에 수색은 소극적이 될 수밖에 없었다. 탈영한 하사관들은 그러한 그들의 맹점을 아주 절묘하게 파고들었다.

타다닥! 타닥!

"후욱! 누구?"

"마이어 슈바르츠 상사다!"

"아우! 아퍼라. 오랜만이다, 마이어. 나 잭 해럴드슨이다."

"오~ 잭! 실력 많이 늘었는데?"

"늘기는. 아우 손이 다 저리네. 너 중급에 오른 거냐?"

"운이 좋았지."

"운은 무슨 넌 우리 중에 최고 독종이었어."

"큭. 그러냐? 너도 길로틴 협곡을 통해 내려갈 생각이냐?"

"그래. 그곳이 가장 안전하니까."

길로틴 협곡.

북동부를 손아귀에 넣은 귀족파와 중서부를 세력권으로 두고 있는 재상의 세력이 맞붙은 곳이다. 덕분에 길로틴 협곡은 중립지역으로 해서 기묘한 대치가 이뤄지고 있는 곳이었다.

또한 길로틴 협곡은 좌우로 깎아지른 듯한 절벽이 있어 접근조차 쉽지 않은 곳이었다. 일반적인 군대가 그곳으로 행군을 한다면 아마 3분의 2는 낙오할 것이 분명했다.

그래서 그들은 그곳을 통해 남부의 죽음의 장벽으로 가려하는 것이다.

하지만 그것은 그들만의 생각이 아니었다. 그들은 길로틴 협곡으로 이동하는 도중 몇 명의 동료를 더 만났다. 그들이 길로틴 협곡에 도달했을 때는 무려 103명이나 되었다. 따로 흩어져 접근할 때는 몰랐으니 그들은 한데 모이자 상당한 세력이 되었다.

그럴 수밖에 없는 것이 103명 전원이 익스퍼트였으니까 말이다. 5전대원 255명 중 이 길로틴 협곡으로 온 이는 103명. 57명은 그린 우드로, 나머지 95명은 그랜드 스파인을 통해 이동 중이었다.

상황을 지켜보니 거의 동시간대에 죽음의 장벽에 도착할 수 있을 것 같았다. 하지만 위험이 전혀 없는 것은 아니었다. 255명의 하사관들이 집단 탈영을 하게 되자 내전 중인 세 개의 세력이 공조를 한 것이었다.

군부의 세력은 뒤늦게 탈영한 255명의 하사관이 과거 카이론 에라크루네스의 휘하에 있던 전대원이라는 것을 알고 그들이 지금 적대시하고 있는 카이론 에라크루네스에게 합류할 것을 저어해 공조를 하게 된 것이었다.

그들에게는 이미 특사가 도달한 상태로 카이론의 전언을 전한 상태였다. 카테인 왕국의 국왕에 올랐다는 것까지 말이다.

반발하려 했으나 반발할 수조차 없었다. 개국 인장은 물론, 삼대 지보가 모두 그에게 있었고, 국왕의 친서와 함께 유언까지 모두 확실했기 때문이었다.

때문에 세 개의 세력은 지금 전전긍긍하고 있었다. 따를 수도 따르지 않을 수도 없었다. 하지만 이미 결과는 정해져 있었다.

그들이 누구인데 카이론의 명을 따를까? 그들은 아직도 자신들이 아니면 이 카테인 왕국은 있을 수 없다는 특권 의식과 고집, 그리고 아집과 독선이 가득한 썩은 귀족이었다.

어쨌든 그들은 빠르게 길로틴 협곡을 지나쳤다. 그들이 길로틴 협곡을 가로지른 것은 그야말로 순식간이었다. 하지만 모든 것이 생각한 대로만 흘러가지는 않았다. 세 개의 세력이 공조한 결과 어느 장소가 장벽으로 접근할 수 있는 최적의 경로인지 파악했고, 상당한 병력을 주둔시켰다.

"새끼들이 별 치사한 방법을 다 쓰네."

어느새 길로틴 협곡 팀의 팀장이 되어버린 슈바르츠 상사가 전방을 보며 나직하게 불만을 토해냈다. 그들이 가야 할 길목에 적어도 몇 천은 될 법한 병사가 물 샐 틈 없이 지키고 서 있었다.

물론 그렇다고 해서 그들이 통과하지 못할 리는 없었다. 그들은 카이론으로부터 유격전을 전수받았으니까.

그 유격전은 체력 과정과 정찰 과정으로 나뉘져 있었다. 그리고 정찰 과정은 침투, 기습, 탈출, 돌파, 생존으로 나누어져 있었다.

그리고 그 정찰 과정이라는 것이 소수로 다수를 농락하는 것임은 분명했다.

"크큭! 제깟 놈들이 그래 봤자 아니겠습니까?"

"확실히 그렇긴 하군. 명분 때문에 전대장님이 무서워서 함께 뭉치기는 했지만 서로 힘을 합하기에는 무리가 있지."

"그럼 그 틈을 이용해야 하지 않겠습니까?"

"오~ 마르티네즈 초병, 대단한데?"

"어허~ 이제는 초급병이 아니지 말입니다. 중사지 말입니다."

"그래도 우리들 사이에서 한 번 초급병은 영원한 초급병이지."

"쩝. 그야 뭐……."

이들은 과거 같은 중대원이자 전대원이었다. 그들은 아직도 자신들이 중대원이었다는 것을 잊지 않았다. 지금에서야 하사, 중사, 상사가 되었지만 그런 사관 계급은 이들에게는 별 의미가 없었다.

계급이 중사고 상사라 해도 중대원 시절 같은 군번이면 동기였다. 상사님이니 중사님이니 이런 것은 필요 없었다.

"그럼 어떻게 하면 좋을까?"

"이럴 때는 야습이 최고지 말입니다."

어느새 길로틴 협곡 탈출조의 작전 참모가 되어버린 마르티네즈 중사가 슈바르츠 상사의 말에 답을 했다.

"하긴 뭐 모래알처럼 흩어지는 저놈들이 제대로 불침번을 설 이유도 없고."

딱 좋은 방법이었다. 여기 있는 이들은 모두 익스퍼트. 야간이라고 해서 딱히 시야가 막히거나 행동에 무리를 주지는 않았다.

"그래도 그냥 가기는 서운한데……."

슈바르츠 상사의 동기인 해럴드슨 중사가 입을 열었다.

"그것도 그러네?"

몇 천이라는 수가 자신들의 앞에서 물 샐 틈 없이 지키고 있음에도 전혀 긴장감 없이 대화를 하는 이들이었다. 문득 마르티네즈 중사가 주변을 살폈다. 자신들을 제외한 1백 명의 전대원들은 편하게 휴식을 취하고 있었다.

휴식을 취할 때는 철저하게 독립된 시간을 가진다. 그래야만 전투에 임했을 최선을 이끌어 낼 수 있었다. 누가 본다면 지금 휴식을 취하고 있는 이들을 보면 군기가 빠질 대로 빠진 놈들이라고 할지 모르지만 이것은 카이론이 중대장으로 있었을 때부터 내려온 휴식 방법이었다.

설사 국왕 전하가 시찰을 나온다 해도 카이론이 명령하지 않는 한 그들은 지금의 휴식 상태를 풀지 않을 것이다. 물론 지금은 카이론이 국왕 전하가 되었지만 말이다.

"좋아. 그럼 네가 좌측을 맡고 내가 중앙, 마르티네즈가 우측을 맡고 3, 3, 4로 분배하자."

"아니, 왜?"

"니가 막내니까."

"아~ 귀찮은데……."

슈바르츠 상사의 말에 마르티네즈 중사가 입이 댓 발이나 나왔다. 하지만 기살 중사 계급이긴 하지만 막내는 막내였다.
어쩔 수 없었다.

"에효~"

"다들 막내 말 잘 들어라."

"여어~ 막내 출세했네."

"잘 부탁한다."

그에 여기저기서 중구난방으로 축하한다는 말이나 혹은
잘 부탁한다는 말이 튀어 나왔다. 하지만 누구 하나 그를 시
기해서 한 말은 아님을 알 수 있었다. 진심으로 그를 걱정해
주는 이들이었다.

그들은 살아남기 위해서 서로에게 돈독해질 수밖에 없었
다. 그래서 255명 전원이 살아남았고 말이다.

"그럼 쉬었다 작전을 개시하고 집결지는 저 앞에 보이는
러시모어 산이다."

"너무 멀지 않습니까?"

"싫음 말고."

"누가 싫다고 했습니까?"

"치고 빠진다. 죽치고 있으면 뒈진다."

"그야 뭐……."

아무리 자신들이 대단하다 해도 수천 명이다. 어둠과 방심
을 틈타 기습을 한다고 하지만 그들이 전열을 정비하면 포위

는 순식간일 것이다. 그러면 바로 전멸이다. 치고 지나가는 것이다. 그것이 이번 작전의 요체였다.

　결국 슈바르츠 상사의 말대로 되었다. 그리고 103명의 인원은 조별로 모였고, 어둠이 내리기를 기다리다 마침내 적막이 감돌자 작전에 돌입했다.

　슈바르츠 상사를 따르는 30명의 하사관들. 그들의 위장은 완벽했다. 그들이 각자 떨어져 있을 때는 모르겠으나 함께 모이니 든든함이 배가 되었다.

　명령을 따로 하지 않아도 알아서 움직였다. 합을 맞출 시간이 없으니 이럴 때는 각자의 상황 판단력을 믿을 수밖에 없었다. 슈바르츠 상사 곁으로 바스티안 하사가 다가왔다. 둘은 시선을 부딪치고 곧바로 움직여 나갔다.

　어둠은 그들의 움직임을 가려줬다. 그리고 그들의 남부 진입을 막고 있는 병력들은 방심하고 있었다.

　한 명의 기사가 주변을 둘러보더니 소변을 보기 위해 플레이트 메일을 풀러 내리고 있었다.

　쪼르르륵!

　시원스럽게 소변을 보고 있는 기사. 그 기사의 뒤로 어둠이 움직였고, 그 어둠 속에서 시퍼렇게 날이 선 단검이 움직였다.

　"컥!"

기사의 눈이 커졌다. 그러고는 그대로 앞으로 쓰러졌고, 소리를 줄이기 위해 허물어지는 기사의 몸체를 받아 조심스럽게 풀숲에 놓고 풀로 덮었다. 임시방편이기는 하지만 한동안 기사의 시체를 발견하기란 쉽지 않을 것이었다.

슈바르츠 상사가 그렇게 병사들보다는 적 병력의 조장급 이상을 제거해 나가는 동안 해럴드슨 중사는 적의 군량이 있는 곳으로 다가갔다. 다행스럽게도 군량을 지키고 있던 병사는 피곤했는지 졸음을 참지 못하고 꾸벅꾸벅 졸고 있었다.

그는 자신을 따르는 조원들에게 손짓으로 명령을 내렸고, 조원들은 각자 다른 방향으로 흩어졌다. 또한, 마르티네즈 중사를 따라 나선 조원들은 마초가 있는 곳이었다. 그들은 지금 적의 식량과 기동성을 제거하려 하고 있는 것이었다.

[지금.]

모든 것이 완비되었을 때 그들의 다중 통신 목걸이에서 나직한 목소리가 흘러나왔다. 그들에게만 들려오는 목소리. 그에 그들은 지체 없이 마초에 불을 질렀고, 적의 군량에 불을 질러 버렸다.

그리고 외쳤다.

"불이야! 건초가 불타고 있다아~!"

"불이야~ 불이야~ 식량이! 식량이 불에 탄다~!"

"불이야! 불이야!"

순간 정적이 감돌았던 적 진영은 순식간에 난장판이 되어 버렸다.

"부, 불을 꺼라!"

"기사앙! 기사앙!"

"불을 끄란 말이다! 불을 꺼!"

건초와 식량을 참으로 잘 타올랐다. 병사들과 기사들 그리고 귀족들은 불을 끄는 것에 정신이 팔려 있었다. 그리고 그런 그들을 바라보며 움직이는 일단의 무리가 있었으니 바로 길로틴 협곡 팀이었다.

그들은 지금 간이 마구간에 모여들고 있었다. 마구간을 지키는 병사들을 기절시키고, 불을 잡기 위해 여기저기 난리인 이 순간 마구간을 통째로 털어버릴 생각이었던 것이다. 그리고 그 계획은 아주 정확하게 맞아 들어가고 있었다.

히히힝!

말들이 울부짖었다. 하지만 병사들은 말들에게 신경 쓸 여유가 없었다. 일단 불을 꺼야 했으니까. 그리고 불이 났는데 말들이 울지 않으면 그게 더 이상한 일이지 않을까?

어쨌든 그들의 교란 작전은 성공적으로 수행되었고, 1백에 달하는 길로틴 협곡 팀은 마구간의 말을 털어 도망가기 시작했다.

"적이다~ 적이다!"

"막아, 막아라!"

그제야 누군가가 죽은 시체를 발견했고 적이 침투했음을 알렸다. 건초와 식량은 타오르고 있었고 말은 털렸으며, 적들은 빠르게 어둠 속으로 사라지고 있었다.

너무나도 순식간에 일어난 일이라 귀족이든 병사든 제정신을 차리려면 한참이 지나야만 할 것이다.

"새끼들. 까불고 있어!"

제8장

태풍 속으로

Warrior

"이건……."

나파즈 왕국의 국왕인 세리우도네스 마샬 국왕은 카테인 왕국의 특사와 함께 온 고급스럽고 고풍스러운 양피지로 만들어진 국서를 읽어 내리며 살짝 인상을 찌푸렸다. 그가 인상을 찌푸린 이유는 국서도 국서지만 국서를 가지고 온 특사들 때문이었다.

특사는 바로 앨런 튜링 백작.

세리우도네스 마샬 국왕이 기억하는 튜링 백작은 나파즈 왕국에서 재무부 차장으로 있었던 인물이었다. 하지만 공금

횡령 및 권력 남용, 그리고 영지전의 패배로 인해 알카트라즈에 수감되었던 인물이었다.

하지만 알카트라즈에 수감된 지 7년이 지났을 때 그 모든 것이 모함이었다는 것이 드러났다. 그럼에도 세리우도네스 마샬 국왕은 그를 복권시키지 않았다. 이유는 정치적인 부담감 때문이었다.

당시의 재무부 대신은 국왕의 강력한 우군으로서 현재 왕도 방위 사령관으로 있는 게이르크 짐머만 백작이었다. 이미 멸문해 버린 자작 가문을 복권시켜서 자신을 지지하는 강력한 세력 중 하나인 짐머만 백작의 위신을 깎아내리기에는 어려운 점이 있었다.

때문에 그는 복권되지 않았다. 나파즈 왕국에 남아 있는 그의 가족들 역시 복권되지 않았다. 여전히 평민으로 힘겹게 살아가고 있었고, 부정한 가문의 자식이라는 손가락질과 멸시를 받으며 살아가고 있었다.

그러던 어느 순간 감시가 느슨해진 틈을 타 튜링 백작의 가족들이 그들의 시야에서 사라졌다. 하지만 신경 쓰지 않았다. 이제는 별 의미가 없었기 때문이었다.

이미 10년 전에 완벽하게 사려졌어야 할 가문이었으니까.

그런데 카테인 왕국의 특사가 되어 나파즈의 세리우도네스 마샬 국왕 앞에 서 있었다. 그래서 불편한 것이었다. 10년

전의 자신의 잘못이 지금 이 자리에서 되살아나고 있었으니까 말이다.

"감히 죄인 주제에……."

누군가 입을 열었다. 그에 튜링 백작의 시선이 그곳으로 향했다. 과거 자신의 가문에 영지전을 신청하고 영지를 풍비박산을 낸 가문. 바로 스트라스버그 백작이었다. 그의 가문의 영지를 흡수하면서 백작의 위에 오른 것이었다.

"죄인이라… 내가 알기로 이미 3년 전에 본 특사의 죄는 모함이라는 것이 드러난 것으로 아는데 아직 그 소식을 접하지 못했나 보오?"

튜링 백작은 이미 알고 있었다. 자신의 죄가 혐의 없음으로 판결났다는 것을 말이다. 그에 스트라스버그 백작의 얼굴은 참담하게 일그러졌다. 설마 했지만 튜링 백작은 모두 알고 있었던 것이다.

"이곳은 부모의 나라이거늘, 부모의 나라를 버리고 어찌 카테인 왕국의 귀족이 되었는가?"

이번에는 다른 귀족이었다. 그에 튜링 백작은 피식 웃었다.

"부모가 자식과의 혈연의 관계를 끊었는데 내가 무엇을 바라고 계속 그 혈연을 유지해야 하는가? 그리고 따지고 보면 카테인 왕국이나 나파즈 왕국이나 같은 혈연 아니던가? 더 자세하게 말하면 죄를 짓고 수감된 죄수의 왕국이지."

"네놈이 감히……."

또 다른 귀족. 마치 당장에라도 검을 빼들 듯한 모습이었다. 하지만 튜링 백작은 전혀 위축됨이 없었다.

"감히? 감히라니! 타국의 특사와 자국의 국왕의 대화를 끊는 것이 나파즈 왕국의 법도인가? 그것이 정녕 법도인가?"

서슬 퍼런 튜링 백작의 일갈에 귀족들은 얼굴을 딱딱하게 굳힐 수밖에 없었다. 튜링 백작의 말 한마디로 자신들은 대역무도한 귀족들이 된 것이었다. 하지만 그의 말 중에 틀린 것은 하나도 없었다.

아무리 마음에 들지 않은 튜링 백작이라고 하나 지금 그는 타국의 특사의 입장으로 이 자리에서 서 있었고, 국왕과 면담을 하고 있는 중이었다. 그런데 신하된 입장으로 그 면담을 가로막고 있었다.

허락을 득하지도 않고 말이다. 이것은 불충이었다. 튜링 백작은 그것을 정확하게 꼬집고 나섰다. 그에 나파즈 왕국의 세리우도네스 마샬 국왕은 손을 들어 귀족들을 조용히시켰다.

"이 국서대로라면 우리는 카테인 왕국을 불법으로 침공하는 것이 되는 것이로군."

"그렇사옵니다."

"그래서 군을 물려라?"

"정확하옵니다."

"물릴 수 없다면?"

"하면 나파즈 왕국은 왕국들과 제국의 지탄을 받을 것이옵니다."

"뭐 그런 지탄쯤은 우리가 상관할 바가 아니지."

"그렇사옵니까? 하면 앤드루 로스차일드 마샬 폰 나파시안 삼왕자 전하의 신변 역시 아무런 상관없는 것으로 알아도 되겠사옵니까?"

튜링 백작의 말에 세리우도네스 마샬 국왕의 표정이 살짝 떨렸다. 하지만 이내 차분하게 돌아왔다.

"과인의 삼왕자는 이미 30년 전에 신열로 인해 잃었음이라."

"그렇사옵니까? 국왕 전하의 뜻을 알겠사옵니다."

튜링 백작은 인정하지 않는 세리우도네스 마샬 국왕의 응대에 이미 그럴 줄 알았다는 듯이 담담히 말을 받았다.

"하면 죽음의 장벽 앞에 있는 병력은 어찌하실 생각이십니까?"

"그들은 지금 군사 훈련 중이라."

"타국의 영토에서 말입니까?"

"아군이 점령했음이니 아국의 영토이니라."

"알겠사옵니다. 그리 전하겠사옵니다. 이후 모든 불상사는 아국의 책임이 아닌 귀국의 책임임을 공표하는 바이옵니다."

튜링 백작의 선전포고였다. 그에 나파즈 왕국의 재상으로 있는 마이어 프리드리히 후작이 성난 목소리로 외쳤다.

"감히 지금 협박을 하는 것인가?"

"협박? 협박이라 했습니까? 30만의 군세로 협박하고 타국의 영토를 무단으로 점유한 것은 바로 귀국입니다. 아국 역시 귀국의 논리를 따를 생각입니다."

"흥! 과연 카테인 왕국에 그럴 만한 능력이 있을까?"

"그것은 두고 보시면 알 것입니다."

"좋다. 두고 보겠다."

"허어~ 나파즈 왕국의 귀족들은 국왕의 말을 끊고 들어오는 것이 법도인가 봅니다. 아까도 그러하더니 이번에는 재상께서 나시는 것을 보니 말입니다. 하하. 확실히 나파즈 왕국의 귀족들은 적극적입니다. 국왕 전하의 심기를 살펴 말을 끊고 대신 그 심중을 답하시니 말입니다."

"이익……."

주먹을 꽉 움켜쥐며 부들부들 떠는 프리드리히 재상.

그때였다.

"지, 지급이옵니다아~"

특사를 접대하고 있거늘 지급이라는 말과 함께 피투성이의 기사가 대회의실로 뛰어들어 왔다.

"감히! 지금 특사를 대하고 있음을 모르는가?"

"아, 안힐트가 점령당했사옵니다."

"뭐, 뭐라……?"

안힐트.

카테인 왕국과 마주하고 있는 전략적 요충지.

평원으로 이루어진 주변에 비해 높이 솟아 있어 좌우를 모두 아우를 수 있는 지역이었다. 카테인 왕국으로 진출하기 위해서 죽음의 장벽을 건너야만 한다면 나파즈 왕국으로 최단거리로 진출하기 위해서는 안힐트를 거쳐야만 했다.

그러하기에 안힐트는 일반적인 영지라기보다는 군사 주둔지와 같은 성격을 가지고 있는 영지였다. 지역을 작을지 몰라도, 안힐트의 영주는 자작으로 유사시 주변 영주에게 군사 소집을 명할 수 있었다.

그만큼 방비가 단단한 곳이었다. 그런데 그런 안힐트가 점령당했다는 소식이 전해져 온 것이다.

안힐트가 점령당했다면 죽음의 장벽 앞으로 군을 집결시키고 있는 30만의 병력은 앞뒤로 포위당한 형국이라고 할 수 있었다.

프리드리히 재상의 얼굴이 창백해졌다.

그것은 세리우도네스 마샬 나파즈 국왕도 마찬가지였다.

"이제 안힐트는 카테인 왕국의 영토로군요."

튜링 백작이 싱그럽게 웃어 보였다. 프리드리히 재상은 어쩔 줄 몰라 했다.

"크음. 아국의 재상이 허언을 했군."

튜링 백작은 의미심장한 웃음을. 그리고 프리드리히 재상은 쓴웃음을 지었다. 모두가 들었다. 국왕 스스로 '점령했으니 아국의 영토'라는 말을 했음을 말이다. 하나, 국왕이 스스로의 잘못을 인정할 수는 없었다.

국왕은 그 말을 번복해서는 아니 되었다. 하니, 어쩔 수 없이 재상이 허언을 한 존재가 되어야만 했다. 국왕의 허물을 재상이 감싸야만 했던 것이다. 국왕이 실없는 사람이 되는 것보다는 재상이 실없는 사람이 되는 것이 조금 더 나으니까 말이다.

세리우도네스 마샬 나파즈 국왕은 서슴없이 자신의 잘못을 타인에게 떠넘겼다. 한순간에 일국 재상의 말이 허언이 되어버렸다. 하지만 프리드리히 재상은 어쩔 수 없었다. 자신의 체면을 내세우기에는 지금의 상황이 너무 안 좋았다.

안힐트 영지는 나파즈 왕국의 목줄기와 같은 곳이었으니 말이다.

"허어~ 일국의 재상씩이나 되시는 분이 타국의 특사가 있는 면전에서 허언을 하실 줄이야. 이걸 대체 믿어야 한단 말입니까?"

튜링 백작은 슬쩍 웃음을 지으며 국왕의 말을 받았다. 분명 비웃음이었다. 하나 그와 대화를 하는 국왕의 표정은 태연하기 그지없었다.

"재상도 사람이니 어쩔 수 없겠지."

"뭐 허언이라 해도 상관없습니다. 국왕 전하께옵서 말씀하신 대로 군을 물리지 못하시니 아국 또한 안힐트 영지에서 군사 훈련을 실시해야 할 것 같사옵니다."

"끄으응!"

이렇게 나올 줄 몰랐다. 지금 카테인 왕국은 내전 중이었다. 도대체 어떤 병력이 있어서 안힐트 영지를 점령했다는 말인가? 도무지 알 수 없었다. 하지만 한 가지 분명한 것은 있었다. 바로 치밀하게 계획된 점령이라는 것이었다.

저들은 자신들이 이렇게 나올 줄 알았다. 그래서 특사가 국왕과 만나는 그 시각에 전령이 도착할 수 있도록 안힐트를 점령한 것이었다. 실로 치가 떨리도록 치밀하고 기민한 움직임이었다.

"불법적인 침탈이로군."

"그렇사옵니까? 한데 이상하옵니다. 조금 전에 불법적인 침탈에 따른 지탄쯤은 아무렇지도 않다고 하지 않았사옵니까? 그래서 아국 역시 그리했사옵니다. 무엇이 문제이옵니까?"

이것은 협박이었다. 턱밑에 비수를 들이대고 복부에 댄 칼을 치우라 하는 협박 말이다. 복부는 찔려도 살 수 있다. 하지만 턱은 아니다. 물론, 복부 역시 칼을 비틀면 즉사시킬 수 있겠으나 그럴 시간이 없었다.

턱밑에 대어진 비수가 더 무서운 법이니까 말이다. 이런 말이 있다. '남이 하면 불륜이요 내가 하면 로맨스'라는 말. 지금 나파즈 왕국은 자신은 로맨스라 말하고 있는 것이나 다름없었다.

그에 재상이 나섰다.

"어떤 오해가 있는 모양인데, 상호 교차 훈련은 이쯤했으면 하오."

"상호 교차 훈련이라……."

튜링 백작은 하얗게 웃었다. 상호 교차 훈련이란다.

"하면 언제쯤 훈련을 종료시킬 요량인지요."

자연스럽게 패를 받아 넘기는 튜링 백작이었다. 그에 프리드리히 재상은 슬쩍 국왕을 바라봤고, 국왕은 침중하게 고개를 끄덕였다.

"한 달 이내로 모든 병력을 철수시켰으면 하오."

"좋습니다. 어차피 수습할 것도 있으니 그쯤이 딱 맞을 듯싶습니다. 이번 교차 훈련으로 아국은 참으로 많은 것을 배우게 되었습니다."

"허허. 그렇소? 아국 또한 많은 것을 배운 듯싶소. 두 왕국간에 신뢰를 돈독하게 하기 위해 종종 이런 교차 훈련의 기회를 가졌으면 하오."

그에 나파즈의 국왕이 나섰다. 그의 음성에는 쓰디쓴 패배의 감정이 담겨져 있었다. 완벽하게 패했다. 자신은 자식을 두 번이나 죽였다. 그리고 살아오지 못하면 세 번을 죽인 것이 된다.

"그리 전하겠사옵니다."

"과인이 국사가 다망한 관계로 더 이상의 면담은 어려울 듯싶구려."

"하면 이만 물러가겠사옵니다."

"푹 쉬다 가시구려."

"배려 감읍하옵니다. 또한 마법 통신에 대한 장애는 없을 것이옵니다."

친절하게도 알려주는 튜링 백작이었다. 그는 미미하게 웃음 떠올리며 대전을 물러나왔다. 그가 대전에서 모습을 감출 때까지 그 누구도 입을 여는 자는 없었다. 완벽하게 패배했다. 한 자리에서 한 입으로 두말을 했다.

존엄해야 할 국왕도 그러했고, 일인지하 만인지상의 자리에 있는 재상은 헛소리나 찍찍해대는 헐랭이가 되어버렸다. 자존심이 상했다. 그냥 상한 정도가 깊고 깊은 절망을 느낄 정도로 깊게 상처를 입었다.

뿌드드득!

조용한 대전에 이빨을 가는 날카로운 소리가 들려왔다.

"감히… 가암히이~!"

콰앙!

바로 현 나파즈의 지존인 도미니크 카이산 세리우도네스 마샬 폰 나파시안 국왕의 노호성이었다.

대전을 벗어나는 튜링 백작의 귓가에 그런 나파즈 국왕의 포효성이 들려왔다. 그럼에 그의 미소가 더욱 짙어졌다.

"당신들은 상대를 잘못 골랐어. 당신들은 드러나 있고, 우리는 아직 드러나지 않았거든. 그리고 당신들의 그 가증스러운 모습도 머지않아 사라질 거야. 뒤늦게 찾은 나의 주군에 의해서 말이지."

그의 걸음을 가벼웠다. 통쾌했다. 10년 동안 곱씹었던 복수가 성공했기 때문에 말이다. 하지만 아직 끝난 것은 아니었다. 저들이 카테인 왕국에 무릎을 꿇을 때, 혹은 나파즈 왕국이 카테인 왕국에 완전히 복속되었을 때 자신의 복수는 끝날 것이다.

* * *

병력이 증가했다. 지금 이 순간에도 병력은 계속 증가하고 있었다. 수없이 많은 기사와 귀족들이 남부로 속속들이 모여들었다. 그들이 모여드는 이유는 구태의연한 귀족들의 행태와 기사답지 않은 기사들의 행태에 질렸기 때문일 것이다.

이것은 아니라는 생각. 새 술은 새 부대에 담아야 한다는 생각. 왕국이 위기에 처했음에도 불구하고 자신들의 권력을 위해 내전을 멈추지 않은 귀족들의 행각.

군인으로서 국방의 의무보다는 권력의 하수인이 되어 귀족들의 발밑에서 아부하는 군부 귀족들의 행각에 질린 이들이 남부 죽음의 장벽으로 몰려들었다.

죽음의 장벽은 닫혀 있지 않았다.

귀족들의 등쌀을 못 이겨 고향을 버리고 온 이들도 거리낌 없이 받아들였다. 수십 년간 용병 질을 하던 용병조차도 종군을 하겠다고 했다. 가족을 지킬 수 있다면 나이가 무슨 상관이냐며 60이 넘은 노인이 종군을 신청했다.

그리고 오늘도 유민과 기사를 받아들이고 있는 크릭 성은 분주하기 그지없었다. 크릭 성만이 아니었다. 죽음의 장벽을 구성하는 네 개의 성과 나파즈 왕국에 점령되었다가 다시 수복된 각 성으로 수없이 많은 병력이 몰려들었다.

"아, 거참. 말 못 알아듣네. 키튼 상사님 좀 보자니까."

"아, 그러니까 대체 키는 상사님이란 분의 성이 어떻게 되냐고요."

"아니, 평민이 무슨 성이 있어? 어? 98대대 1중대 키튼 상사님이라니까."

"아니 이곳에는 98대대가 없다니까 그러시오."

"아오~! 답답해 죽겠네."

두 사람이 한참 실랑이를 벌이고 있었다. 한 사람은 중사 계급장을 달고 있었고, 한 사람은 상급병이었다. 그렇지만 중사 계급장을 단 사람은 결코 병사를 무시하지 않았다. 병사는 오히려 그것이 더 당황스러웠다.

이곳을 찾아오는 사람은 많지만 그들이 모두 이와 같지는 않았다. 기사나 귀족들은 여전히 고압적인 면이 없지 않아 존재했다. 아직 남부의 상황을 인지하지 못하고 있기 때문이었다. 때문에 이 상급병도 그러려니 했다.

하지만 처음부터 이렇게 자신을 하인이 아닌 병사로서 대하는 군인은 처음 봤다. 고압적이지도 않았다.

"그럼 그 98대대 1중대장님은 성이 있을 것 아닙니까?"

"옳지, 그렇지. 이 친구 빨리 말을 해주지 그랬어."

"아, 아니 그게……."

마치 깜빡하고 있었다는 듯이 호탕하게 입을 여는 중사였다.

"1중대장님 성함이 카이론 에라크루네스 중대장님이었네."

"카이로온… 네에?"

"왜? 못 들었어? 아! 중대장님이라고 하면 좀 그러니까 6군단 6특전여단 5전대장님인 카이론 에라크루네스."

"그… 자, 잠시만 기, 기다려 주시지 말입니다."

"그래, 그래. 까짓것."

병사가 부리나케 안으로 들어가자 중사는 뒤를 바라보며 자신의 동료들을 바라봤다.

"매튜 중사님! 파이팅이지 말입니다."

누군가가 그를 응원했다. 그가 돌아보는 곳에는 약 90명이 넘어가는 하사관들이 있었다. 부대 마크는 각양각색이었다. 그리고 입고 있는 군복 역시 허름하기 그지없었다. 아니, 원래는 허름하지 않았는데 무슨 고초를 당했는지 잔뜩 먼지가 끼어 있었고, 아직 위장을 지우지 않은 채였다.

그냥 보기에도 절로 멀어지고 싶은 그런 냄새를 풀풀 풍겨내고 있었다. 그들은 군장을 베개 삼아 따뜻한 햇볕을 받으며 코까지 골면서 자고 있었다. 그중 잠에서 깬 몇 명이 매튜 중사를 응원하고 있는 것이었다.

그들은 다름 아닌 그랜드 스파인을 통과해 한 달간의 행군으로 이곳까지 도착한, 과거 뿔뿔이 흩어진 5전대원들이었다. 길로틴 협곡과 그린우드, 그리고 그랜드 스파인으로 빠져 탈영을 시도했던 인원 중 그랜드 스파인 쪽의 인원이 가장 먼저 도착한 것이었다.

그때 갑자기 성문 안쪽이 시끄러워졌다. 일단의 인물들이 걸어 나오고 있었기 때문이었다. 세븐스타 중 무려 네 명이 걸어 나오고 있었다. 그들은 걷는 것이 아니 숫제 뛰어 오고 있었다.

"야, 이 새끼들아~!"

뛰어 오면서 소리를 질렀다. 그에 매튜 중사의 얼굴에 화색이 돌며 걸렁해 보이는 모습은 온데간데없고, 부동자세를 취한 후 절도 있게 뒤로 돌았다.

"전체에! 기사앙!"

그의 외침에 상거지 꼴을 한 채 아무렇게나 널브러져 있던 94명의 하사관이 언제 그렇게 널브러졌느냐는 듯이 순식간에 오와 열을 맞춰 정렬했다.

"부대에~ 차렷! 열주웅 쉬엇!"

매튜 중사의 구령에 94명의 하사관들은 마치 한 사람인 듯 움직였다. 그들의 기세는 지금 이 순간 완전히 변해 있었다. 형형하게 빛나는 눈동자가 그것을 대변하고 있었다.

"부대에~ 차렷!"

처저적!

부동자세로 돌아왔다. 매튜 중사가 뒤로 돌았다. 그의 앞에 네 명의 인물이 보였다. 키튼 알카트라즈, 미켈슨 바이에른, 프라이머 엔그로스, 해머슨 카르타고. 그들이었다.

"추웅성! 중사 매튜 외 94명. 왕국력 614년 5월 7일 임무 완료 후 복귀합니다. 이에 신고합니다. 충! 성!"

"충성. 쉬어!"

키튼의 명령에 뒤로 돌아선 매튜 중사.

"열주웅 쉬어!"

처저적!

"쉬어!"

그리고 다시 돌아서는 매튜 중사. 그런 매튜 중사를 보며 키튼이 입을 열었다.

"이 새끼들. 왜 이렇게 늦었어?"

"죄송합니다."

"죄송은 무슨. 편히 쉬어!"

"편히 쉬어!"

복명복창 후 뒤로 돌아 다시 외친다.

"편히 쉬어!"

그리고 다시 돌아서 키튼을 바라보는 매튜 중사.

"겁쟁이 매튜가 많이 컸네?"

"예전에도 제가 더 컸습니다."

"새끼… 잘 왔다, 잘 왔어. 정말 잘 왔다."

그러면서 매튜 중사를 껴안는 키튼 중사였다. 그에 그의 뒤

에 있던 미켈슨, 프라이머, 해머슨 역시 팔을 활짝 벌리며 94명
이 도열해 있는 곳으로 뛰어 들었다.

"이 새끼들 얼마나 컸는지 좀 보자."

"와하하하! 예전의 우리가 아니지 말입니다."

"나 따라 오려면 백년은 이르다. 이 새끼들아."

그들은 그렇게 격렬한 재회를 했다. 보는 이들이 다 치가
떨릴 정도로 말이다. 말이 재회고 실력 점검이지 저건 거의
전투와 다르지 않았다. 무기에 시퍼런 오러가 실리고, 땅이
파이고 피를 토하며 땅바닥을 데굴데굴 굴렸다.

"워매~ 팀장님! 살살 좀 하시지 말입니다."

"이 새끼들 그동안 놀았구나? 겨우 이 정도야?"

"아따~ 팀장님 섭한 소리 마시지 말입니다. 칼도 제대로
못 잡았던 놈이 이 정도면 훌륭하지 말입니다."

"크크. 그래 인정해 주마. 누워 있지 말고 일어나라. 더 맞
기 전에."

"끄으응! 어이고 허리야. 남자는 허리가 생명이구만……."

"엄살은……."

피식 웃으며 일어서려는 하사를 잡아 일으켜 주는 키튼이
었다. 실로 오랜만의 과격한 해후. 그렇게 과거의 인연들이
모여들기 시작했다. 남부는 이제 하나의 완벽한 왕국이 되어
가고 있었다.

카이론 에라크루네스라는 제28대 카테인 국왕의 이름 아래 하나로 굳건하게 서게 된 것이었다. 그리고 그 와중에 죽음의 장벽 앞에 진을 치고 있던 30만의 나파즈 왕국군이 군사를 물리기 시작했다.

"어찌 이럴 수가……."

마법 통신을 받은 제퍼슨 브라운 후작은 손을 부들부들 떨 수밖에 없었다. 그것은 여기 모인 1군 선봉 사령관 체이스 말론 백작과 2군 사령관 아사 팀버레이크 백작 역시 마찬가지였다. 전투에는 이겼지만 전쟁에서는 패배했다.

그것도 참담할 정도로 완벽하게 패배했다. 승리도 없었고 영광도 없었다. 남은 것은 오로지 군을 돌려 자국으로 돌아가는 것밖에 없었다.

"하아~"

브라운 후작은 고개를 들어 지휘관 막사 천장을 바라봤다. 아무것도 보이지 않았다. 흰색의 천막 천장도, 하늘도 아무것도 보이지 않았다. 그저 아득할 뿐이었다.

'이번에도. 이번에도 장벽을 넘지 못했구나.'

'정녕, 정녕 죽음의 장벽은 넘을 수 없는 벽이런가?'

'아~ 죽음의 장벽이여!'

브라운 후작과 말론 백작, 그리고 팀버레이크 백작 모두 한 결같은 절망감을 느꼈다. 결국 죽음의 장벽을 넘지 못했다. 그들은 지금 이 순간 미래에 대해 불안을 느껴야만 했다. 카테인 왕국은 절대 이를 묵과하지 않을 것이다.

겨우 남부의 병력으로 30만을 막아냈고, 불의의 일격으로 안힐트 영지를 점령했다. 그러한 그들이 사분오열되지 않고 다시 하나로 합쳐졌을 경우 어떻게 될까? 당연히 혈채를 받으려 할 것이다.

자신들이라면 그러할 것이다. 이번에는 절대 그냥 유야무야 넘어가지 않을 것이었다. 자신들에게 전해진 정보에 의하면 카테인 왕국의 제28대 국왕은 장벽의 제왕이라 일컬어지는 카이론 에라크루네스였으니까.

그러하기에 더욱더 분노할 수밖에 없었다. 마치 그에게 자신들이 모두 놀아난 것 같지 않은가? 하지만 그 분노 속에서 브라운 후작은 조용하게 이를 갈았다.

'언제든지 오너라. 죽음의 장벽이 아니라면 너희들은 우리의 상대가 되지 않을 것이다.'

그랬다.

그는 자신 있었다. 죽음의 장벽만 아니라면 자신 있었다. 절망의 기사도 있었고 말이다. 사분오열된 카테인 왕국이 다시 하나로 합일된다 해서 무서울 것은 없었다. 단지 시간이 조금 미뤄졌을 뿐.

"회군을 시작한다."

"명을 따릅니다."

그렇게 그들은 회군했다. 그들의 회군에 맞춰 안힐트 영지를 점령한 카테인 왕국군도 회군을 시작했다.

외교적인 방법과 무력적인 방법을 동시에 사용한 쾌거라 할 수 있었다. 카테인 왕국의 백성들은 카이론 에라크루네스의 이름을 연호했다. 역대 국왕의 위에 오른 왕 중 가장 힘겨운 시기에 왕위에 오른 귀족 가문의 서자 출신 국왕.

그것 하나만으로 백성들이 그를 연호할 수밖에 없었다. 그가 국왕의 위에 오른 후 백성을 위해 한 일이라고는 세금을 10%로 삭감시키고 거주의 이전의 자유를 허용한 것뿐이었다.

반대하는 귀족은 없었다.

아니, 내전을 일으킨 세 파벌은 격렬하게 반대했다. 전쟁 중이다. 자금이 필요했다. 그런 와중에 세금을 10%로 낮춰 버리다니. 이것인 미친 짓이었다. 게다가 병력이 필요한데 거주의 이전의 자유를 허용해 버렸다.

말이 되느냐 말이다.

그에 탈영병이 속출했다. 짐을 꾸려 가족 단위로 야반도주하는 영지민들도 폭발적으로 늘었다.

그들이 향하는 곳은 남부였다. 국왕이 있는 곳으로 향했다. 귀족들은 내전보다는 영지민들을 간수하는 데 더 힘을 뺄 수밖에 없었다.

　그런 와중에 국왕의 칙서가 카테인 왕국 전체에 전달되었다. 그 칙서의 내용을 간추리면 이러했다.

　즉각 전쟁을 멈추고 모든 귀족들은 본연의 역할로 돌아가라. 또한 28대 카테인 국왕으로서 명한 감세 정책과 거주 이전에 대한 자유권을 실행하라. 모월 모일까지 시행하지 않을 시 본 국왕의 명에 반하는 것으로 여겨 무력을 루사할 것이다.

　그의 일갈에 귀족들과 기사들 그리고 군부의 세력은 거칠게 불만을 토로할 수밖에 없었다.

　"영지를 다스리는 일은 오로지 영주의 권한이니 아무리 국왕이라 하여도 영지의 일에 관여함은 잘못된 일이다."

　"이 전쟁은 카테인 왕국을 영원무궁한 반석에 올리기 위한 전쟁. 결코 물러설 수 없다. 귀족 가문의 서자로서 27대 국왕과 어떠한 연관조차 없는 자가 과연 국왕으로서의 자격이 있을까? 우리는 국왕으로서 그를 인정하지 않는다."

　"그대들은 간악한 현 국왕에게 속고 있다. 그는 귀족들을 제어할 어떤 명분도 없다. 현 국왕이 살아 있는데 어찌 28대 국왕을 운운하는가?"

　만약 카이론이 원래 이 세계의 카이론이었다면 그런 귀족들의 항변에 어떻게 할 방법이 없었을 것이다. 하지만 현재의 카이론은 25세기의 지구에서 첨단 과학을 경험한 카이론이었고, 과학보다 더 실용성이 높은 마법을 어떻게 활용해야 할지 너무나도 잘 알고 있었다.

"이곳과 이곳. 그리고 이곳. 총 여덟 곳 정도 되는군."

"이곳에 인원을 투입하자는 말인가?"

"그렇지."

"허어~"

슐리펜 공작은 헛웃음을 지었다. 누가 생각했겠는가? 마법 영상을 적진 한가운데에서 상영시킬 생각을 말이다. 누천년을 살아 왔던 슐리펜조차 생각지 못한 방법이었다. 마법 영상을 상영시키는 것은 어렵지 않다.

마법 스크롤이 있는 판국에 그깟 마법 영상을 상영시키는 것이 무에 그리 대수일까? 한데 그 누구도 생각해 내지 못했다. 너무나도 간단한 문제인데 말이다. 그래서 카이론이 더욱더 대단해 보일 수밖에 없었다.

"어려운 문제의 해결점은 의외로 간단하면서 근처에 있는 법이지. 마치 독을 품은 꽃의 해독약은 뿌리이듯 말이지."

"그렇긴 하지."

둘만이 있는 공간이었다. 그 누구도 알아서는 안 될 곳이기도 했다. 그러하기에 둘은 편하게 대화를 이어가고 있었다.

"하면 누구를 보내지?"

"글로리어스 팔라딘과 데어셰크."

"훌륭하군."

훌륭한 정도가 아니었다. 완벽했다.

그들이라면 아무리 대단한 위세를 자랑하고 철벽으로 가로막힌 지역이라 할지라도 가지 못할 곳이 없을 터이니까 말이다.

기분이 좋아진 슐리펜의 얼굴이 환하게 펴졌다. 당황할 저들의 모습을 생각하니 절로 웃음이 나왔다.

"언제 출발했으면 하나?"

"마법 영상이 카피되는 대로 바로 출발시켜야지. 정신을 차릴 수 없게."

"그것으로 끝?"

"나를 찾아온 5특전대원들을 보내야지."

"그들은 왜?"

안다. 요 근래 255명이라는 대단한 인원이 충원되었다는 것을 말이다. 기사들보다 강력한 전력을 가진 하사관들을 말이다. 255명 전원이 익스퍼트였으니 말해 무엇하랴.

"그들은 나에게 교육을 받은 최초의 병사들이거든."

"그… 유격 훈련의 정찰 과정이라는?"

"그래."

"그들을 투입시켜서?"

"소문을 내야지"

"소문?"

소문이라는 말에 반문하기는 했지만 슐리펜은 머리에 번개 치는 것 같은 느낌이 들었다. 전략 중 가장 무서운 전략이 사람의 입을 이용한 전략이다. 피 한 방울 흘리지 않고, 적의 사기를 꺾고, 패퇴시킬 수 있는 전략이니 말이다.

"적 후방을 교란할 생각이로군."

"정신적인 교란."

"훌륭하군. 전략의 새로운 지평을 여는 것 같군."

"몰라서 그렇지 대부분 이 방법을 사용하고 있지 않나?"

"물론, 그렇기는 하지. 하지만 그 역할을 전담하는 부대는 없지."

"최초란 말이로군."

"그렇게 되는 거지."

"그럼 적들은 이것을 작전이라고 여기지 않겠군."

"그런 셈이지."

"더욱 좋군."

짧게 짧게 대화를 이어나가는 카이론과 슐리펜이었다. 하지만 그럼에도 충분히 대화가 되었다. 자질구레한 설명을 곁들이지 않아도 충분히 예상하며 주거니 받거니 대화가 가능한 이들이었으니까.

그들의 대화는 끊임없이 이어졌다. 짧은 대화로 말이다.

그럼에도 서로에게 많은 도움을 주고 있었다. 그리고 그들의 대화 속에서 향후 카테인 왕국이 가야 할 길마저도 설정되고 있었다.

* * *

어스름하게 해가 저물어갈 즈음.

모든 이들이 저녁을 먹기 위해 혹은 저녁을 하기 위해 시장을 보기 시작할 즈음. 내전 중이기는 하나 여전히 북적이는 왕도의 중앙 광장.

"어?"

누군가 한 명이 하늘을 바라보며 손가락으로 가리켰다. 그리고 눈을 휘둥그레 떴다. 그와 함께 길을 가던 사람은 그에 그 누군가가 보는 하늘을 바라봤다. 그리고 그도 눈이 휘둥그레졌다.

"어?"

그들이 보는 어둑한 하늘에 녹색의 빛이 어리기 시작했다. 희미하게 빛나던 것이 시간이 지남에 점점 뚜렷한 형상을 띠기 시작했다. 사람들은 그 기가 막힌 광경이 가던 길을 멈춰서 허공에 맺힌 마법 영상을 바라보았다.

[과인 카테인 왕국의 27대 국왕 라파예트 코시아누 폰 카테이누스는 국왕의 상징이자 왕국의 모든 귀족을 휘하에 둘 수 있는 국왕의 지혜, 가네샤의 왕관과 왕국의 모든 무력을 통솔할 수 있는 군주의 홀, 그리고 왕국의 모든 백성을 보살필 수 있는 가이아의 망토를 카테인 왕국의 제28대 국왕 카이론 에라크루네스에게 전하노라.]

사람들이 웅성거리기 시작했다.

왕도를 지키고 있는 재상은 그를 간악한 사기꾼이라고 했다. 현 27대 카테인 국왕은 버젓이 왕궁에 살아 있으며, 단지 건강이 좋지 않아 전면에 나서지 않고 재상에게 모든 전권을 위임했다고 했다.

왕도의 사람들을 재상을 믿었다. 내전 중이지만 아직까지 왕도는 어지럽지 않았기 때문이었다.

그런데 마법 영상이 허공에 맺힌 것이다. 너무나도 선명하게. 때문에 웅성이지 않을 수 없었다.

왕도의 사람들은 숨을 죽여 마법 영상을 지켜보았다.

[카이론 에라크루네스를 정식으로 카테인 왕국의 국왕으로 인정함과 동시에 그에게 '폰 카테이누스' 라는 라스트 네임을 부여하노라.]

그와 함께 카테인 왕국의 세 가지 지보를 탁자 위에 올려놓았음은 물론이었다. 그때였다. 갑자기 병사들이 중앙 광장으로 들이닥쳤다.

"해산! 해산! 해산하라!"

"해산하라~!"

급히 중앙 광장과 시장에 모인 이들을 해산시켰다. 마법 영상의 효과는 실로 대단하여 왕도 내에 수 킬로미터나 떨어져 있는 모든 사람들이 그 영상을 다 볼 수 있을 정도였다. 귀족들과 재상은 당황하여 병력을 내보내 사람들을 해산시켰다.

하나 마법 영상을 보고 의문을 갖게 된 사람들의 생각까지 멈추게 할 수는 없었다.

그날 수도는 사람들의 통행을 일절 금했다. 평소 북적거리던 술집이나 여관의 홀도 한산할 정도였다. 하지만 병력들의 강압에 집으로 돌아가지 못하고 볼일을 보지 못한 이들은 여관이나 술집에 붙잡힐 수밖에 없었다.

사람들은 수군거리기 시작했다.

"저게 정말 사실일까?"

"사실일 리가 없잖은가?"

"그런데 내가 알기로 마법 영상을 조작할 수는 없다고 하는데……."

"그러고 보니……."

두 사람의 대화에 사람들은 귀를 기울였다. 그랬다. 마법 영상은 조작할 수 없었다. 저 대단하다는 하인스 제국의 황실 마탑주마저도 '마법 영상은 절대 조작할 수 없다. 왜냐하면 마법 영상을 조작하기 위해서는 최소한 7서클 대마도사의 경지에 오른 마법사여야 하기 때문이다'라고 공식적으로 인정하지 않았던가?

만약 사람들이 마법 영상을 조작이라고 한다면 그것은 제국과 황실 마탑을 사기꾼으로 몰게 되는 상황이 된다. 누가 있어 감히 제국과 황실 마탑을 부정하겠는가?

"그렇다면 재상은……."

"내가 우연히 들은 말인데 말이지……."

둘은 은밀하게 대화를 한다고 대화를 하고 있지만 이미 술집 안은 쥐 죽은 듯이 조용해진 이후였다. 아무리 소곤거려도 그들의 소리가 천둥소리보다 더 크게 들릴 정도로 말이다.

하지만 그 둘은 그것을 전혀 모른다는 듯이 조금 전보다는 조금 더 큰 목소리로 대화를 하기 시작했다.

하지만 그들의 대화에 집중하고 있는 이들은 전혀 그런 낌새를 눈치채지 못했다. 왜냐하면 여기 있는 이들은 방금 전의 허공에 떠오른 마법 영상을 보았고, 그렇지 않아도 의심스럽던 찰나에 그들의 대화가 오가고 있으니 당연히 집중할 수밖에 없었다.

"대체 무슨 말인데?"

"재상 말이야……."

"재상이 뭐?"

"우리 왕국 사람이 아니라고 하더군."

"그게 뭐? 귀족들이야 이리저리 항시 움직이지 않나?"

"아니, 내 말은 그게 아니고……."

"대체 무슨 말 소리를 들어서 그래?"

"재상이 30년 전 죽었다고 알려진 나파즈 왕국의 삼왕자라는 거야."

"뭐? 그런 말도 안 되는……."

말을 듣고 있던 사내가 말도 안 된다는 듯이 펄쩍 뛰었다. 다른 이들도 마찬가지였다. 그게 어디 말이나 될 법한 이야긴가 말이다.

"아~ 정말이라니까 그러네."

"대체 무슨 근거로 그런 말이 가능한데?"

"근거? 근거야 많지."

"그래? 그럼 한 번 날 설득시켜 보게. 그 말도 안 되는 소문을 말이네."

마치 둘이 만담을 하듯이 주거니 받거니 했다. 술집 내부에 있던 사람들은 술을 마시는 것도 잊어버린 채 그 둘의 대화에 집중했다. 말도 안 되지만 정말 흥미롭지 않은가 말이다.

"우선은 국왕 전하 대신에 나파즈 왕국에 원군을 요청한 것부터지."

"아니, 그게 뭐?"

그게 무슨 소리냐고 말하는 사람을 보며 참으로 답답하다는 듯이 입을 여는 사내.

"이런 답답한 친구 보게나. 내전이 일어난 시기와 나파즈 왕국이 국경선을 넘은 시기를 보면 알지 않겠나? 자그마치 30만이네. 30만의 병력이 움직이는 것이 과연 쉽다고 생각하나? 오늘 명령을 내리면 다음 날 바로 출발할 정도로."

"그건… 아니지."

"그렇지? 그런데 언제 요청을 했는지 모르지만 내전이 일어나자마자 바로 그들이 국경선을 넘었단 말이지."

"하지만 이미 그런 낌새를 알았다고 하면……."

"아 참, 이 답답한 친구 보게. 낌새를 알아챘다면 당연히 자국의 힘으로 해결하려 했겠지. 그리고 내가 알기로 30만의 병력이 움직이기 위해서는 적어도 6개월은 준비를 해야 해.

자네도 군대에 다녀왔지 않은가? 작전 하나 나가려면 엄청난 준비가 필요하다는 것을 말이네."

"그야 그렇지."

"자네 말대로 미리 낌새를 알아차려 나파즈 왕국에 구원 병력을 요청했다면 적어도 6개월 전에 했다는 말이네. 그게 말이 된다고 생각하나?"

"허어~ 그러고 보니 정말 그러네. 한데 그것만으로 그가 삼왕자라는 것을 증명하기는 어렵지 않나? 물론, 그가 저 잔 악무도한 나파즈 왕국과 협잡했다는 것은 맞지만 말이네."

"그게… 잘 들어보게."

사내는 더욱더 가까이 달라붙으며 더욱더 은밀하게 대화를 나누려 했다. 그에 모든 사람의 이목이 그들에게로 향했다. 딴은 그의 말이 정말 맞았기 때문이었다. 단 하나의 정황을 보더라도 재상이 나파즈 왕국과 협잡했다는 것은 확연하게 드러났다.

그럼 그가 나파즈 왕국의 삼왕자라는 것은? 그것은 어떻게 밝힐 것인가?

"자네 내 친우 중에 왕궁 기사로 있은 호르토라고 알지?"

"알지. 근위 기사단의 평기사 아닌가? 대단하기는 하지만 언제부턴가 조금 모자라게 된 기사지 아마?"

"그래, 그래. 그 친구가 예전에 나파즈 왕국에 간 적이 있어."

"아니 갑자기 그게 무슨 소린가?"

"여튼 들어보게."

"뭐 알았네."

"그때 나파즈 왕국에서 상당히 유명한 귀족을 한 명 봤는데 말이야, 그 귀족의 이름이 아마 이신바예 로마노프 백작이었을 거야. 그때 사신단을 호위하기 파견되었으니 나파즈 왕국의 귀족들 볼 기회가 많았지. 그런데 말이야……."

"그, 그런데?"

순간 사내는 자신의 친구가 무슨 말을 할지 굉장히 궁금해하는 표정을 지어보였다. 이야기의 흐름상 대충 짐작은 했지만 친구의 입에서 그것을 확인하고 싶은 것이었다.

"그자가 이곳에서 재상의 호위기사로 있었다고 하더군."

"뭐야? 그게 정말이야?"

"그래. 그렇다니까?"

믿을 수 없다는 표정을 지어보이는 사내. 그러다 사내는 거칠게 술을 마신 후 다시 입을 열었다.

"그런데 그들도 멍청하지 않을 텐데 변장조차 하지 않았다는 게 말이 되나?"

"그게 사실은… 귀족의 변이라는 대규모의 숙청 알지?"

"그야 당연히… 허억! 그, 그럼?"

그때 정말 많은 귀족과 기사가 죽어갔다. 적국에게 정보를 팔아 넘겼다는 죄목으로 말이다.

"맞아. 네가 생각하고 있는 것이 맞을 거야. 그 친구는 그때 살아남았어. 그 사건이 아니었으면 진작 수석 기사에 올랐을지도 모르지. 그는 일부러 바보가 된 거야."

"허어~ 어찌 그런 일이……."

"놀랍지 않나? 나는 그 놀라운 일을 호르토 그 친구에게 들었네. 그는 그 말을 하고 남부로 향했네."

"국왕군에 합류하기 위해서 말인가?"

"맞네. 다른 귀족들은 못 믿겠다는 거야. 그리고 말이지 28대 국왕께서는 세금 삭감과 거주 이전의 자유까지 공표하지 않았나."

"그래. 난 그것이 제일 마음에 들더군. 거주 이전의 자유만큼 좋은 것도 없지. 나도 조만간 재산을 처분해 남부로 가볼까 하네."

"나도 그럴 생각이네. 아무래도 요즘 병사들의 움직임이 만만찮은데 근시일 내 움직여야 할 것 같네."

"그렇군. 그것 때문이었군. 멍청한 귀족놈들. 어찌 적국의 왕자를 위해 싸우는지."

그들은 혀를 쯧쯧 차며 이후에는 신변잡기 같은 대화만 연속했다. 그러자 술집은 이내 다시 언제 그랬냐는 듯이 시끌벅적해졌다. 하지만 사람들은 지금 두 사내가 했던 말을 곱씹고 있었다.

그야말로 충격적인 말이지 않은가?

도대체 누구를 믿어야 하고, 누구를 향해 충성을 바쳐야 한 단 말인가? 그런 현상이 일어나는 곳은 왕도뿐만이 아니었다.

귀족파의 영지나 군부 귀족들의 진영에서도 일어났다. 마법 영상은 하루에 한 번 종잡을 수 없는 시간에, 의외의 장소에서 떠올랐다.

그리고 소문이 돌았다. 재상이 나파즈 왕국의 삼왕자라는 것과 군부 귀족의 수장인 유린 후작은 스스로가 하인스 제국의 종복을 자처하여 은밀하게 제국에 구원병을 요청했고, 구원 병력의 수장인 마탄 자작에게 허리를 숙인다고 말이다.

그리고 귀족파의 수장인 르위스 공작은 자신을 밀어내고 왕좌를 차지한 형님을 저주하여 귀족들을 규합하여 반란을 일으켰다는 것을 말이다. 소문은 상당한 실제적인 근거를 들고 있었으며, 각 세력이 부정하고 모략했던 모든 것을 하나하나 분쇄할 정도로 상세했다.

한마디로 일파만파였다.

걷잡을 수 없이 퍼져 나갔다. 그 어떤 변명도 통하지 않았다.

마법 영상은 끊임없이 떠올랐다. 불과 한 달 만에 마법 영상을 보지 못한 이가 없을 정도였고, 소문을 접하지 않은 자가 없을 정도였다.

병력과 백성들의 이탈은 계속되었고, 자신들을 지지하던 귀족들까지 점점 자신들의 그늘에서 벗어나고자 했다. 상황이 점점 안 좋게 흘러가자 마침내 르위스 공작과 유린 후작, 그리고 재상은 결심하지 않을 수 없었다. 모든 것을 인정할지 아니면 모든 것이 드러난 지금에 있어 명분 없는 전쟁을 지속할지 말이다.

그렇게 카테인 왕국의 내전은 새롭게 전개되고 있었다.

『워리어』 9권에 계속…

내일을 향해 쏴라

김형석 장편 소설

FUSION FANTASTIC STORY

1만 시간의 법칙!
'성공은 1만 시간의 노력이 만든다' 는 뜻이다.

그러나…
사회복지학과 복학생 수.
전공 실습으로 나간 호스피스 병동에서
미지와 조우하다.

1만 시간의 법칙?
아니, 1분의 법칙!

전무후무한 능력이 수에게 강림하다!
맨주먹 하나로 시작한 수의
인생역전이 시작된다!

Book Publishing CHUNGEORAM

유행이 아닌 자유추구~
WWW.chungeoram.com

즐거운 인생

미더라 장편 소설
FUSION FANTASTIC STORY
A Bittersweet Life

삶의 의욕을 모두 잃은 주혁.
어느 날 녹이 슨 금속 상자를 얻는데……

"분명 어제도 3월 6일이었는데?"

동전을 넣고 당기면 나온 숫자만큼 하루가 반복된다!

포기했던 배우의 꿈을 향해 다시금 시작된 발돋움.
눈앞에 펼쳐진 새로운 미래.

과연 그는 목표를 이루고
인생을 바꿀 수 있을 것인가!

Book Publishing CHUNGEORAM

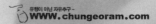

강준현 장편 소설

FUSION FANTASTIC STORY

개척자

Pioneer

『복수의 길』의 강준현 작가가 선보이는
2015년 특급 신작!

글로벌 기업의 총수, 준영.
갑자기 찾아온 몽유병과 알 수 없는 상황들.

"…누구냐, 넌?"
혼돈 속에서 순식간에 바뀐 그의 모든 일상.
조각 같던 몸도, 엄청난 돈도, 뛰어난 머리도 모두, 사라졌다!

<u>스스로도 알 수 없는 낯선 대한민국의 밑바닥부터</u>
다시 시작해야 하는 준영.

"젠장! 그래, 이렇게 산다!
대신 나중에 바꾸자고 하면 절대 안 바꿔!"

그는 과연 이 상황을 극복하고 자신의 운명을
새롭게 개척해 나갈 수 있을 것인가!

Book Publishing CHUNGEORAM

유행이 아닌 자유추구 -
WWW.chungeoram.com

글샆 장편 소설
FUSION FANTASTIC STORY

세상을 다가져라

[세상을 다 가져라]

문피아 선호작 베스트 작품 전격 출간!
현대판타지, 그 상상력의 한계를 넘어서다!

권고사직을 당한 지 2년째의 백수 권혁준.

우연히 타게 된 괴상한 발명품으로 인해
과거로 회귀한다!

그런데
과거로 온 혁준의 손에 들려 있는 것은 바로
최신형 스마트폰!

"까짓 세상, 죄다 가져 버리겠다 이거야!"
백수였던 혁준의 짜릿한 인생 역전이 시작된다!

야차전기

FANTASTIC ORIENTAL HEROES

임영기 新무협 판타지 소설

『무정도』, 『등룡기』의 작가 임영기.
2015년 봄, 야차가 강림한다!

"오 년 후에 백학무숙을 마치게 되면
누나를 찾아오너라."
가문의 멸망.
복수만을 꿈꾸며 하나뿐인 혈육과 헤어졌다.
하지만 금의환향의 길에 벌어진 엇갈림…

모든 것이 무너진 사내 화용군!
재처럼 타버린 위에
삼면육비(三面六臂)의 야차가 되어 살아났다!

악이여, 목을 씻고 기다려라!

Book Publishing CHUNGEORAM

유행이 아닌 자유추구 –
WWW.chungeoram.com